U1007114

开平集校注

KAIPING JI JIAOZHU

〔元〕袁桷 著
崔凤珍 校注

广西师范大学出版社
GUANGXI NORMAL UNIVERSITY PRESS
·桂林·

出版统筹：汤文辉
出 品 人：乔祥飞
责任编辑：张 宇
助理编辑：冯宇航
责任校对：朱时予
责任技编：王增元
书籍设计：常晋一

图书在版编目（CIP）数据

开平集校注 / (元) 袁桷著 ; 崔凤珍校注. -- 桂林 : 广西师范大学出版社，2023.12
ISBN 978-7-5598-6626-4

Ⅰ. ①开… Ⅱ. ①袁… ②崔… Ⅲ. ①古典诗歌—诗歌研究—中国—元代 Ⅳ. ①I207.227.47

中国国家版本馆 CIP 数据核字（2023）第 226477 号

广西师范大学出版社出版发行
（广西桂林市五里店路 9 号 邮政编码：541004
网址：http://www.bbtpress.com）
出版人：黄轩庄
全国新华书店经销
三河市三佳印刷装订有限公司印刷
（河北省三河市杨庄镇杨庄村 邮政编码：065200）
开本：710 mm ×1 000 mm 1/16
印张：15 字数：204 千
2023 年 12 月第 1 版 2023 年 12 月第 1 次印刷
定价：148.00 元

序　言

元上都曾经是具有广泛影响力的草原都城，是元朝帝王号令天下的根据地，也是东西文明相互交流的重要舞台，其发展与繁荣在蒙元时期达到顶峰。与此同时，一些文化活动也伴随着元上都的发展与繁荣而产生，并成为上都文化遗产的重要组成部分。元上都文化遗产涵盖政治、经济、军事、文学、艺术、教育、生态、民俗、饮食、居住、宗教、交通、体育、狩猎等诸多方面，其中，元代文学作为元上都文化遗产的重要部分，以其自然丰厚的文化底蕴、静穆的美学内涵和强大的抒情功能，支撑起独特的文学自然审美结构，造就了元上都文化的精神特质。

由于两都制的存在，每年夏季都有大批官员扈从元帝从大都来上都办公，处理政务，其中不乏文人大家，如刘秉忠、郝经、王恽、侯克中、刘敏中、刘因、陈孚、袁桷、张养浩、柳贯、杨载、虞集、黄溍、胡助、马祖常、萨都剌、张翥、许有壬、柯九思、许有孚、苏天爵、贡师泰、周伯琦、张昱、陆仁、迺贤、杨允孚等，草原上独特的自然、人文景观和皇家活动及长期奔走于两都之间触动的内心情感等，潜移默化地激发了他们的文学创作灵感。因而，这批文人在随元帝奔走于大都、上都的过程中，创作了一大批脍炙人口的文学作品。这些具有草原审美特点的作品，为我们研究元上都文化遗产提供了重要的第一手资料。

袁桷是这批元代文学家当中较有代表性的一位。他曾于甲寅（延祐元年，1314）、己未（延祐六年，1319）、辛酉（至治元年，1321）、壬戌（至治二年，1322）四度扈从元帝赴上都，并将四度扈从之诗歌创作结为《开平集》，收诗一百余首。袁桷以此记录了四度扈从元帝往返上都期间所见、所闻、所感，他曾在《戏题开平四集》中言："开平四集诗百首，不是故歌行路难。竹簟暑风茅屋下，它年拟作画图看。"的确，这部分诗歌如今也是元上都文化研究中不可缺少的资料，袁桷以近乎“画图”的形式在诗歌中如实展现了那段历史中的细节。

袁桷诗歌作品集中于《清容居士集》当中，为更为集中地展现元代扈从文化及袁桷这部分扈从诗歌的价值，本书参阅《宜稼堂丛书》本、元刊本、《四库全书》本《清容居士集》以及《诗渊》当中属于袁桷《开平集》的部分，对《开平集》当中的全部诗歌进行考释、注解，并力争在校注过程中充分挖掘其文化内涵，使读者对《开平集》四个阶段诗歌的创作背景、内容、文化意义等有更为具体的了解，为元代诗歌研究者提供一定参考的同时，亦为元上都历史文化的挖掘、整理、研究和传承提供资料。

《开平集校注》为呼和浩特民族学院重点项目“文学视野下的元上都文化遗产研究”的研究成果之一。该项目以元朝定都上都后的文学作品为第一手资料，以阶段性地梳理研究文化遗产为主要方式，旨在拓宽元上都文化遗产的研究视野，根据元代政治、经济、环境、文化等要素的时空组合分类，探讨文化遗产与区域环境的相互关系，归纳区域作用范围、结构类型、功能构成、人地关系历史演化的基本规律，重点剖析元上都文化历史。本项目重在通过对相关文学作品的梳理、考释、注解，进一步挖掘和探寻与元上都相关的作品中所蕴含的文化、历史价值，并尽可能地展现更多细节，以其原貌来印证历史。

该研究成果同时也是呼和浩特民族学院“国家通用语言文字教育实践与培训创新团队”课题研究的一部分，旨在通过挖掘、探寻元代文学作品中充分展现地域融合及民族融合的相关内容，为铸牢中华民族共同体意识，加强各民族文化的交流、交融做出应有的贡献。

崔凤珍

2023 年 12 月

目　录

开平第一集　甲寅

开平第二集　己未

开平第三集　辛酉

开平第四集　壬戌

附　录

开平第一集　甲寅

开平[①]第一集　甲寅

延祐改元[②]五月三日分院，十五日始达开平，得诗数篇。录示儿曹[③]。

①开平，即开平府，元上都之前称开平，又称上京、滦京。

按：《元史》卷四《本纪》第四《世祖一》："岁丙辰，春三月，命僧子聪卜地于桓州东、滦水北，城开平府，经营宫室。"《元史》卷五《本纪》第五《世祖二》："戊子，升开平府为上都……"

②延祐改元，即元仁宗于1314年丁未日下诏改元，是年为延祐元年。

按：《元史》卷二十五《本纪》第二十五《仁宗二》："延祐元年春正月丁亥，授中书右丞刘正平章政事，商议中书省事……丁未，诏改元延祐。"

③儿曹：晚辈。

居庸关[1]

太行领群山，万马高下拜。
平峦[2]转城隍，隐隐南北界。
危坡互交牙，寒溜泻[3]泙湃。
阴风玄虬涌，巨石忽崩坏。
周遭青松根，下有古木寨[4]。
石皮散青铜，云是旧战铠。
天险不足凭，历劫有成败。
驱车上林杪[5]，出日浴光怪。
肃肃空岩秋，天风迅行迈。

①居庸关，位于太行余脉，军都山所属险要峡谷，在今北京市昌平区境内，也被称为“天下第一雄关”，相比其他关隘，地势更为险峻。相传秦始皇修筑长城时，将囚犯、士卒和强征来的民夫徙居于此，因包含“徙居庸徒”之意，后得名“居庸关”。居庸关两旁山势雄奇，中间有长达十八公里的溪谷，俗称“关沟”。居庸关山峦之间花木郁茂葱茏，宛若碧波翠浪，因而有“居庸叠翠”之誉。汉代沿称居庸关，北齐改称纳款关，唐代称蓟门关、军都关，后又称铁门、铁门关等。居庸关地势险要，有南北两个关口，南名“南口”，北称“八达岭”。

按：《元史》卷九十九《志》第四十七《兵二·宿卫》：“隆镇卫：睿宗在潜邸，尝于居庸关立南、北口屯军，徼巡盗贼，各设千户所。”元熊梦祥《析津志辑佚·属县·昌平县·山川》：“居庸在直都城之北，中断而为关，南北三十里，古今夷夏之所共由定，天所以限南北也。”清顾祖禹《读史方舆纪要》卷十《北直一·山川险要·居庸》：“居庸关，在顺天府昌平州西北二十四里，延庆州东南五十里。关门南北相距四十里。两山夹峙，下有巨涧，悬崖峭壁，称为绝险……亦谓之军都关。……又居庸关亦名纳款关，又名蓟门关，而居庸、军都，其通称也。”《大明一统志》卷一《京师·顺天府·关梁》：“关梁：居庸关在府北一百二十里。两山夹峙，一水旁流。关跨南北四十里，悬崖峭壁，最为要险。《淮南子》曰：天下有九塞，居庸其一焉。关之南，重峦叠嶂，吞奇吐秀，苍翠可爱，为京师八景之一，名曰‘居庸叠翠’。”

②峦，宜稼堂本、《元诗选》同元刊本；四库本作“蛮”，似因形而误。

③泻，宜稼堂本、《元诗选》同元刊本；四库本作“写”，亦通。“写”，古通“泻”。

④木寨：木制的守卫用的栅栏。

按：《宋史》卷三百六十《列传》第一百一十九《宗泽》：“今河东、西不从敌国而保山寨者，不知其几。”唐许棠《塞下》二首其二：“塞深烽寨密，山乱犬羊多。”宋宋祁《送平陆知县尹象先》：“健将贪屯聚，寨栅犹鳞差。”

⑤林杪：树梢。

按：晋陆机《感时赋》：“猿长啸于林杪，鸟高鸣于云端。”唐柳宗元《与崔策登西山望九疑》：“连袂度危桥，萦回出林杪。”

雨中度南口①

山寒绝禽鸟，独闻子规啼。
石壁飞雨骤，众木摇凄凄。
瘦马蹴乱石，高下啮其蹄。
陟巘沮洳②深，渐觉所历低。
暝色起亭午，土屋流寒泥。
须臾过雷声，倏忽生晴霓。
水清亦可渡，戒仆逾前溪。

①南口，在北京市昌平区西北二十五里，因在居庸关南之口，故名。北魏称下口，北齐称夏口，元始称南口。明初筑有南口城，与居庸关及八达岭同为重要的交通要冲，历来为兵家争战之地。

按：《元史》卷一百二十《列传》第七《札八儿火者》，太祖用兵中都，金人恃居庸之塞守卫，太祖遂“令札八儿轻骑前导。日暮入谷，黎明，诸军已在平地，疾趋南口，金鼓之声若自天下，金人犹睡未知也”。

②沮洳：低洼潮湿之地。上都城位于金莲川草原，属于草甸草原，且城南有滦河流经，故此有低洼潮湿之地的说法。

按：《诗经·国风·魏风·汾沮洳》：“彼汾沮洳，言采其莫。彼其之子，美无度。美无度，殊异乎公路。”《新唐书》卷一百四十一《列传》第六十六《韩全义》：“遇贼广利城，方暑，地沮洳，士皆病疠，全义未尝存之。”唐杜甫《龙门镇》：“细泉兼轻冰，沮洳栈道湿。”唐李商隐《思归》：“岭云春沮洳，江月夜晴明。”

重午日[①]宿南口小店[②]

寒雨鸣石峡，萧萧五月秋。
道逢采药人，不识葵与榴[③]。
气清谐令节，暑溽想南州。
凉飔[④]木末来，动色思重裘[⑤]。
犹持一卮酒，慰彼湘累愁。

①“重午日”，宜稼堂本、四库本同元刊本；《诗渊》脱。

②南口小店，即设于南口的驿站店铺。元代规定，使臣往来，必须于驿站宿顿。

按：《全元文》卷九十四《元世祖三·使臣驿内安下诏》：“据往来使臣，城子里，没勾当的休入去。如有勾当入城去的使臣，仰于盖下的使臣馆驿内安下者。官员民户每的房子里，休得安下，这般圣旨有来。”

③葵、榴分别指向日葵和石榴，二者都在夏季开花。

按：宋吴自牧《梦粱录》卷三《五月》：“其日正是葵榴斗艳，栀艾争香，角黍包金，菖蒲切玉，以酬佳景。”宋刘克庄《暮春一首》：“未应寂寞无心赏，墙下葵榴次第开。”宋南山民《春晓园中》：“莫恨芳菲尽，葵榴花又红。”

④凉飔：凉意，凉风。

按：南朝齐谢朓《在郡卧病呈沉尚书》：“珍簟清夏室，轻扇动凉飔。”

⑤重裘：厚毛皮衣，指暖和的衣物。

按：汉贾谊《新书·谕诚》：“重裘而立，犹憯然有寒气，将奈我元元之百姓何？”唐白居易《岁暮》：“夹帽长覆耳，重裘宽裹身。加之一杯酒，煦妪如阳春。”

桑干岭[①]

漠漠清都近，天梯尔许长。
青帘矗山影，乌帽拂云光。
行客穿珠曲，居人缀蜜房。
端穷万里目，那惜九回肠[②]。

①桑干岭，即枪杆岭，又称将干岭、桥干岭等，明代改称长安岭，位于河北省张家口市怀来县土木堡正北，距离沙城北二十六公里，介于怀来驿及龙门驿之间，在统墓店正北。

按：《元史》卷五《本纪》第五《世祖二》："立枪杆岭驿，以便转输。"明蒋一葵《长安客话》卷六《边镇杂记·长安岭》："长安岭在兴和城迤东五十里，元为怀来、龙门二县界。旧名枪竿岭，号称险隘，度此方出险……今人呼为桑干岭，盖音相近之误也。"清黄彭年等《畿辅通志》卷二十《沿革表五》："长安岭在县东南（《雍正志》），本名枪竿岭，明永乐中改今名，今有堡（《大清一统志》。一名桑干领《府志》）。"

②九回肠，指内心焦虑不安，思绪万千的状态。

按：《汉书》卷六十二《司马迁传》第三十二："是以肠一日而九回，居则忽忽若有所亡，出则不知所如往。"唐刘禹锡《望赋》："秋之景兮悬清光，偏结愤兮九回肠。"唐柳宗元《登柳州城楼寄漳汀封连四州》："岭树重遮千里目，江流曲似九回肠。"宋贺铸《九回肠》："小华笺、付与西飞去，印一双愁黛，再三归字，□九回肠。"

渡怀来沙碛[1]

沙清圆石瘦，千里闻风声。
驱此觳觫[2]车，索索莎[3]鸡鸣。
远山列翠席，近坡环碧城。
高下各有险，辙迹那由平。
惊兔导我前，历录[4]为之惊。
天低云摇荡，土旷[5]尘纵横。
谬膺翰墨选[6]，远行有期程[7]。
回头望南坂，初月随风生。

①碛，宜稼堂本同元刊本；四库本作“岭”，误。碛：沙碛，沙滩。

②觳觫，代指牛。觳觫车，牛车。

按：《孟子》卷一下《梁惠王章句上》：“王坐于堂上，有牵牛而过堂下者。王见之，曰：‘牛何之？’对曰：‘将以衅钟。’王曰：‘舍之。吾不忍其觳觫，若无罪而就死地。’”

③莎，一作“沙”。

④录，宜稼堂本同元刊本；四库本作“碌”。历录，也作“历鹿”“轹辘”，车轮声，也用以代指车。

按：宋欧阳修《蝶恋花》：“翠苑红芳晴满目。绮席流莺，上下长相逐。紫陌闲随金轹辘，马蹄踏遍春郊绿。”宋邵雍《垂柳长吟》：“影里咿哑去，阴中轹辘归。”

⑤旷，宜稼堂本同元刊本；四库本作“广”。

⑥袁桷当时任职翰林院，担任翰林待制，分院上都。

按：元虞集《郑夫人墓志铭》：“翰林待制袁君，丧其配郑夫人十七年，恒独居不更娶……大德戊戌某月卒，年二十九……翰林仕于朝，四迁至待制，仍兼史事。璀、珖方向学，夫人皆不及见。”

⑦元代官员扈从皇帝巡幸上京，除了特殊情况，往来大都、上都之间时，时间和路程行止都有规定。

按：元周伯琦《扈从集前序》：“是日启行，至大口留信宿……以是月十九日抵上京。历纳钵凡十有八，为里七百五十有奇，为日二十四。”《扈从诗后序》：“遂以〔七月〕二十二日发上都而南。……遂以八月十三日至京师。凡历纳钵二十有四，为里一千九十又五，此辇路西还之所经也。”《元典章》卷三十六《兵部三·驿站·使臣》：“今后凡差出勾当人员，出给铺马札付，于上验事标写紧慢字号。除为军情急速勾当不拘此限外，据常例缓慢勾当差出人员，每日不越三站走递。”

草 地

带水残沙似暗潮，平坡软草绿迢迢。
不须回首更南望，下马同儿摘地椒[1]。

①地椒：我国北方地区常见的一种蔓生草本植物。

按：宋郑樵《通志二十略·昆虫草木略第二·木类》：“蔓椒曰豕椒，曰猪椒，曰彘椒，曰狗椒，以其作狗彘之气。又曰地椒，言生于地上。”元马祖常《北行》：“雨余雷菌长，秋入地椒芬。”

龙　门[①]

瀚海双龙铁鳞甲，卷壑拿云蹲冀阙。
千泉百道凑东南，急雨翻空迸晴雪。
古言神禹功最多，导山凿石疏九河。
幽都之地不复顾，乃使双龙下地成盘涡。
阴风何飕飗[②]，磅礴太古秋。
崩崖[③]落车炮，怪木森戈矛。
碎沙晴日铺金麸[④]，云是昔日当关挽劲之仆姑[⑤]。
寒泉组练结九曲，亭午赫日光模糊。
车声何辚辚，昨宵急水迷无津。
垂堂[⑥]之言犹在耳，游子商人行不已。
子规彻天呼我归，翠华[⑦]北幸那得辞。
龙门之石高不磨，泚笔书我龙门歌。

①龙门，即龙门峡，驿站名。

按：清黄彭年等《畿辅通志》卷六十五《舆地略二十》："龙门峡，《雍正志》作龙门山在云州东北五里（《县志》），距城三十五里，高六十余丈，长一里许，南山下，为通独石大路（《县图说》）。"清顾祖禹《读史方舆纪要》卷十八《北直九·万全行都司·龙门守御千户所》："〔云州〕堡东北五里。两山石壁对峙，高数百尺，望之若门。塞外诸水皆出于此，亦曰龙门峡。《辽志》：'……塞北控扼之卫也。'"

②飗，宜稼堂本同元刊本；四库本、《元诗选》为"飕"。飕飗，风凛冽的样子，表示阴冷。

③崖，宜稼堂本、《元诗选》同元刊本；四库本作"岸"。

④金麸，也作"麸金"，即沙金。

按：《新唐书》卷二百二十二上《列传》第一百四十七上《南蛮上·南诏上》："长川诸山，往往有金，或披沙得之。丽水多金麸。"

⑤仆姑，即金仆姑，箭名，泛指良箭。

按：《左传·庄公十一年》："乘丘之役，公之金仆姑射南宫长万，公右歂孙生搏之。"宋雷乐发《乌乌歌》："有金须碎作仆姑，有铁须铸作蒺藜。"

⑥垂堂，意谓因靠近堂屋檐下，檐瓦坠落可能伤人。比喻危险的境地要远离。

按：《史记》卷一百一《袁盎晁错列传》第四十一："盎曰：'臣闻千金之子坐不垂堂，百金之子不骑衡，圣主不乘危而侥幸。今陛下骋六騑，驰下峻山，如有马惊车败，陛下纵自轻，奈高庙、太后何？'"《汉书》卷四十九《爰盎晁错传》第十九《爰盎》："千金之子不垂堂，百金之子不骑衡。"

⑦翠华：天子仪仗中用翠羽作为装饰的旗帜、车盖，后引申为御车、帝王之意。

按：《史记》卷一百一十七《司马相如列传》第五十七："建翠华之旗，树灵鼍之鼓。"唐杜甫《北征》："都人望翠华，佳气向金阙。"唐白居易《长恨歌》："翠华摇摇行复止，西出都门百余里。六军不发无奈何，宛转蛾眉马前死。"

弹琴峡[1]在居庸

寒泉飞玉峡，谁弹使成声。
下有战士骨，呜咽水中鸣。
丝石[2]本异调，摩戛生亏成[3]。
凿迹匪神禹，佳兵构秦嬴。
驻马为听之，逝者何不平。
虚牝[4]纳新雨，急促浊复清。
重华初省方[5]，百神静相迎。
为作薰风弦[6]，散彼岩下情。

①弹琴峡，元代两都之间的重要驿站，在居庸关。

按：《大明一统志》卷一《京师·顺天府·山川》："弹琴峡，在居庸关中。水流石罅，声若弹琴。"

②丝、石分别为中国古代八音之一。古代八音通常指金、石、丝、竹、匏、土、革、木，八音主要以乐器材质分类。

按：《周礼》卷二十三《大师》："大师，掌六律、六同，以合阴阳之声。阳声：黄钟、大簇、姑洗、蕤宾、夷则、无射。阴声：大吕、应钟、南吕、函钟、小吕、夹钟。皆文之以五声：宫、商、角、徵、羽。皆播之以八音：金、石、土、革、丝、木、匏、竹。教六诗：曰风、曰赋、曰比、曰兴、曰雅、曰颂。"

③本句意谓缺失与完美，失败与成功。

按：《庄子·内篇·齐物论》："是非之彰也，道之所以亏也。道之所以亏，爱之所以成。果且有成与亏乎哉？果且无成与亏乎哉？有成与亏，故昭氏之鼓琴也；无成与亏，故昭氏之不鼓琴也。"

④虚牝，即空谷，也比喻无用之地。

按：晋殷仲文《南州桓公九井作》："爽籁警幽律，哀壑叩虚牝。岁寒无早秀，浮荣甘夙殒。”

⑤重华，虞舜的美称；省方，巡视四方。

按：《尚书》卷三《舜典》：“曰若稽古：帝舜曰重华，协于帝。”《周易》卷三《观》：“象曰：‘风行地上，观；先王以省方，观民设教。’”

⑥熏风弦，即薰弦，原指舜时期的《南风歌》，后指古雅的乐曲。

按：《孔子家语·辩乐解》：“昔者舜弹五弦之琴，造《南风》之诗，其诗曰：‘南风之薰兮，可以解吾民之愠兮；南风之时兮，可以阜吾民之财兮。’”唐许浑《登尉佗楼》：“越人未必知虞舜，一奏薰弦万古风。”宋苏轼《阮郎归·初夏》：“绿槐高柳咽新蝉。薰风初入弦。碧纱窗下水沉烟。棋声惊昼眠。”

云　州[1]

天阔云中郡，刚风起泬寥。
毡房联涧曲，土屋覆山椒。
橦布[2]朝朝市，通薪户户烧。
遥看尘起处，深羡霍嫖姚[3]。

①云州，地名。

按：《元史》卷五十八《志》第十《地理一·中书省·上都路》："云州，古望云川地，契丹置望云县。金因之。元中统四年，升县为云州，治望云县。至元二年，州存县废。二十八年，复升宣德之龙门镇为望云县，隶云州。领一县：望云。"

②橦，木本棉花。橦花，一说即棉花。橦布，橦花织成的布，为名贵织品。

按：晋左思《蜀都赋》："异物崛诡，奇于八方。布有橦华，面有桄榔；邛杖传节于大夏之邑，蒟酱流味于番禺之乡。"唐王维《送李员外贤郎》："鱼笺清诗赋，橦布作衣裳。"

③霍嫖姚，指西汉名将霍去病，因其受封骠姚校尉而得名。后借指守边立功的武将。

按：《史记》卷一百一十一《卫将军骠骑列传》第五十一："是岁也，大将军姊子霍去病年十八，幸，为天子侍中。善骑射，再从大将军，受诏与壮士，为骠姚校尉，与轻勇骑八百直弃大军数百里赴利，斩捕首虏过当。于是天子曰：'骠姚校尉去病斩首虏二千二十八级，及相国、当户，斩单于大父行籍若侯产，生捕季父罗姑比，再冠军，以千六百户封去病为冠军侯。'"唐李白《塞下曲》："功成画麟阁，独有霍嫖姚。"唐李白《胡无人》："汉家战士三十万，将军兼领霍嫖姚。"

次韵虞伯生题祝丹阳道士[①]摹九歌图[②]

玉眸精仁朝玉皇，五采万物迎初阳。
神钧[③]空洞光茫茫，瑶席合奏乐未央。
沉几经纶白为章[④]，肤寸[⑤]帝青[⑥]下填坑[⑦]。
朝挟朱鸟[⑧]招八方，旋转风轮荡金刚[⑨]。
君山之峰喻可望，玉女鼓瑟[⑩]哀不伤。
世职玄籍[⑪]元运昌，灵寿[⑫]给扶颜色苍。
赐龄金箧[⑬]难度量，仲氏之道[⑭]谁为长。
深根抱一[⑮]真有常，下悯浊世生复亡。
浴精昧谷[⑯]暾扶桑[⑰]，寥阳昭德[⑱]森九芒。
亘劫永宝天地光，安流舒舒复汤汤。
俨思白璧谢汝将，历险有戒毋垂堂。
乘狸从豹何陆梁[⑲]，菰蒲粔籹[⑳]弦管张。
积变不化游益荒，屈子调苦心忠良。
歌罢云遏投灵湘，[㉑]箫巫鼓胥纷莫详。
严严祝册[㉒]遗铅黄[㉓]，握管用九[㉔]神归藏。出入森卫视锦囊。

①玄衍，号丹阳，元代江西贵溪天观山道士，善书，与袁桷、赵孟頫、虞集等多有往来。

按：元陶宗仪《书史会要》卷七《元》：“道士祝玄衍，号丹阳，贵溪人，能大字。”

②《九歌图》，元代名画，现藏吉林省博物馆，有“淮南张渥”款，传为元代画家张渥所作，也有人认为是后人伪款。《九歌图》共十二段，每段一图，画屈原像及《九歌》中的《东皇太一》《云中君》《湘君》《湘夫人》《大司命》《少司命》《东君》《河伯》《山鬼》《国殇》《礼魂》十一章内容。

按：元顾瑛《草堂雅集》卷十《张渥》：“〔张渥〕字叔厚，博学明经，累举不得志于有司。放意为诗章。时用李龙眠法作白描，前无古人，虽达显人不能以力致之。”

③钧，一作“君”。

④白章，白色花纹。

按：唐柳宗元《捕蛇者说》：“永州之野产异蛇，黑质而白章，触草木尽死，以啮人，无御之者。”

⑤肤寸，指下雨前逐渐集合的云气。

按：《南齐书》卷十一《志》第三《乐》：“排阊阖，渡天津。有渰兴，肤寸积。雨冥冥，又终夕。”

⑥帝青，即青天，碧空。

按：宋刘克庄《前调·寿王宝之》：“鹤驭来时，长占定、一年清绝。九万里，纤云收尽，帝青空阔。”

⑦填坑，意谓塞满坑谷，指物资丰富充足。

按：汉司马相如《子虚赋》：“步骑之所蹂若，人臣之所蹈藉。与其穷极倦𠵨，惊惮詟伏，不被创刃而死者，他他籍籍。填坑满谷，掩平弥泽。”

⑧朱鸟，即朱雀，神鸟名，中国古代神话中的天之四灵之一，是代表帝与南方七宿的南方之神。五行为火，八卦为离。

按：宋沈括《梦溪笔读》卷七《象数一》：“四方取象，苍龙、白虎、朱雀、龟蛇，唯朱雀莫知何物，但谓鸟而朱者。羽族赤而翔上，集必附木，此火之象也。或谓之‘长离’，盖云离方之长耳。或云鸟即凤也，故谓之‘凤鸟’。”

⑨旋转风轮，宜稼堂本同元刊本；四库本作“旋轮风转”，似误。风轮，寺庙、道观建筑上的一种装饰物，靠风力旋转发声。

⑩君山，即为洞庭湖中之山，原名洞庭山、湘山、有缘山等，因娥皇、女英葬于此而得名君山，传有玉女居于此，故有“玉女鼓瑟”之说。

按：晋王嘉《拾遗记》卷十《洞庭山》：“洞庭山浮于水上，其下有金堂数百间，玉女居之。四时闻金石丝竹之声，彻于山顶。”

⑪玄籍，佛教或道教的经籍。

按：《魏书》卷一百一十四《释老志十》第二十：“高祖践位，显祖移御北苑崇光宫，览习玄籍。建鹿野佛图于苑中之西山，去崇光右十里，岩房禅堂，禅僧居其中焉。”晋僧肇《注维摩诘经序》：“至韵无言，而玄籍弥布，冥权无谋，而动与事会。”

⑫灵寿，即椐，可为手杖或者马鞭，此处指手杖。

按：三国吴陆玑《毛诗草木鸟兽虫鱼疏》卷上《释木》：“椐，樻。节中肿，似扶老，今灵寿是也。今人以为马鞭及杖。弘农共北山有之。”

⑬金箧，即金箧玉策，传说泰山上能掌管人寿命的宝册。

按：汉应劭《风俗通义》卷二《正失》第二《封泰山禅梁父》：“俗说：岱宗上有金箧玉策，能知人年寿修短。武帝探策得十八，因到读曰八十，其后果用耆长。”

⑭仲氏指仲虺，任姓，又名莱朱、中垒，是助成汤鼎革的名臣，与伊尹并为名相，倡导“乱者取之，亡者悔之”的政治理念。

按：《尚书》卷八《仲虺之诰》：“兹率厥典，奉若天命。夏王有罪，矫诬上天，以布命于下……佑贤辅德，显忠遂良，兼弱攻昧，取乱侮亡。推亡固存，邦乃其昌。”

⑮深根抱一，指道家专精固守、不失其道的思想。

按：《道德经》第十章：“载营魄抱一，能无离乎？专气致柔，能婴儿乎？涤除玄览，能无疵乎？爱民治国，能毋以智乎……生而弗有，长而弗宰也，是谓玄德。”

⑯昧谷，古代传说中西方日入之处。

按：《尚书》卷二《虞书·尧典》：“日永，星火，以正仲夏。厥民因，鸟兽希革，分命和仲，宅西，曰昧谷。寅饯纳日，平秩西成。”

⑰扶桑，神木名。汤谷上有扶桑，十日所浴之所。

按：《山海经》卷九《海外东经》：“下有汤谷。汤谷上有扶桑，十日所浴，在黑齿北。居水中，有大木，九日居下枝，一日居上枝。”《海内十洲记·扶桑》：“多生林木，叶如桑。又有椹，树长者二千丈，大二千余围。树两两同根偶生，更相依倚，是以名为扶桑也。”晋阮籍《咏怀八十二首》其二十五：“飞泉流玉山，悬车栖扶桑。”唐李白《上云乐》：“西海栽若木，东溟植扶桑。”

⑱昭德：宋代道观。

按：宋吴自牧《梦粱录》卷一《八日祠山圣诞》：“初八日，钱塘门外霍山路有神曰‘祠山正祐圣烈昭德昌福崇仁真君’，庆十一日诞圣之辰。”《梦粱录》卷八《御前宫观·东太乙宫》：“东太乙宫在新庄桥南……绍兴间，命浙漕度地建宫，凡一百七十四区。殿门匾曰‘崇真’，大殿匾曰‘云休’，挟殿匾曰‘琼章宝室’，元命殿匾曰‘介福’，三清殿匾曰‘金阙’，寥阳斋殿匾曰‘斋明’，火德殿匾曰‘明离’。”

⑲陆梁，指跳跃，比喻横行无阻。

按：《后汉书》卷六十上《马融列传》第五十上：“狗马角逐，鹰鹯竞鸷，骁骑旁佐，轻车横厉，相与陆梁，聿皇于中原。”

⑳粔籹，也称寒具、膏环，古代的一种食品，如今天的馓子，用蜜和米面，搓成细条，组之成束，扭作环形，用油煎熟。

按：《楚辞·招魂》：“粔籹蜜饵，有餦餭些。瑶浆蜜勺，实羽觞些。”

㉑传说大禹的妻子娥皇、女英得知大禹死于苍梧，泪尽赴湘江而死。

按：汉刘向《列女传》卷一《母仪传·有虞二妃》：“有虞二妃者，帝尧之二女也。长娥皇，次女英……舜陟方，死于苍梧，号曰重华。二妃死于江湘之间，俗谓之湘君。”

㉒册，宜稼堂本同元刊本；四库本作“史”，似误。岩岩，形容威严；祝册，帝王祭祀用的文书。

按：《尚书》卷十五《洛诰》：“王命作册，逸祝册，惟告周公其后。”

㉓古人常用铅粉和雌黄点校书籍，所以称校勘为铅黄，也代指书籍。

按：《元史》卷一百八十九《列传》第七十六《儒学一·许谦》：“又尝句读《九经》《仪礼》及《春秋三传》，于其宏纲要领，错简衍文，悉别以铅黄朱墨，意有所明，则表而见之。”

㉔乾卦六爻全为“九”。用九，分为“用九可用”和“用九勿用”两种。《易经》中的“用九”都是“用九可用”。

按：《周易》卷一《乾》：“用九，见群龙无首，吉。”

伏日[1]书怀二首

伏日急雨来，端坐披重裘。
中天异寒暑，兹维帝王州。
碧草记初夏，坚冰在余沟。
野旷无留禽，积潦不复收。
飞云屡晴阴，苍莽天宇秋。
营营壁间蝇，就暖旬日谋。
玄冥自成岁，高下各有求。
怅彼南飞雁，素心愧难酬。

晨起万灶烟，墨云何轮囷。
念昔种松者，用志良苦辛。[2]
寒沙草漫漫，万骑来无津。
树之似云栅，积雪迷秋春。
大车栋复楹，小车櫃[3]与薪。
空余千岁脂，成此官路尘。
我衣素修洁，暂污不敢嗔。
俯焉拾余煤，作书记其因。

①伏日，称伏天，三伏的总称，古代也专指三伏中祭祀的那一天。古人认为，伏天之时，阴气迫于阳气而藏伏，因而称之为“伏日”。一般说，“伏日”是指入初伏的那一天，即夏至后的第三个庚日。

按：《汉书》卷六十五《东方朔传》第三十五：“久之，伏日，诏赐从官肉。”南朝梁宗懔《荆楚岁时记》：“六月伏日，并作汤饼，名为辟恶。”宋梅尧臣《和中道伏日次韵》：“伏日每苦热，古来亡事侵。”宋陆游《伏日独游城西》：“痴儿已遣了官事，伏日元知当早归。”

②叶新民《元上都研究》认为，唐人在边地种植松林时，把它作为中原汉地与边疆地区的界线。这种结论，可能也是通过袁桷《松林行》“阴阴松林八百里，昔日相传为界址”这类诗句得出，其他史料尚不充分为证。

按：元陶宗仪《南村辍耕录》卷九《续演雅发挥》：“取松煤于滦阳，即今上都。去上都二百里，即古松林千里，其大十围，居人薪之，将八百里也。”

③槱：聚积木柴以备燃烧。

按：《诗经·大雅·棫朴》：“芃芃棫朴，薪之槱之。”宋苏辙《立冬闻雷》：“薪槱不出市，晨炊午未熟。”宋梅尧臣《苏明允木山》：“因嗟大不为梁栋，又叹残不为薪槱。”

题李士弘[1]学士画明复斋[2]风竹[3]

虚声出素壁，泠泠天地秋。
矧此三伏凉，居然索重裘。
荡摩神光旋，戛击玄露浮。
浩荡白玉京[4]，顷刻潇湘洲。
昂昂员峤[5]仙，笔底寒飕飗。
高斋袭道气，深根澹无求。

①李士弘，名倜，号贫峤，又号员峤真逸，河东太原（今山西榆次）人，官至集贤侍读学士。大德中，出为临江路总管，后为延平路总管，两浙盐运使。工诗文，善书画，尤以墨竹最著名。书法宗晋唐，以右军为尚，曾临右军帖多本，与赵孟頫友善，每临一帖便求其题跋。

按：元赵孟頫《赵孟頫集》卷十《赞·李士弘真赞》："气禀全晋之豪，风流东晋之高。落笔云烟，吐辞波涛。耽文艺如嗜欲，以古人为朋曹。"元夏文彦《图绘宝鉴》卷五《元朝》："李倜，字士弘，号员峤真逸，官至集贤侍读学士。喜作墨竹，宗文湖州。"

②阳虞氏明复斋是当时著名的刻书坊。

按：元胡炳文《雪峰集》卷二《明复斋记》："友人王敏夫以'明复'名其书室。"《山西通志》卷一百三十九《人物·文苑四》："王敏夫，五台人。好学笃行，工诗赋，为时推重。累征不起，教授乡闾，远近名儒悉宗之，赵宜之尤加叹赏。"清叶德辉《书林清话》卷四《元私宅家塾刻书》："虞氏南溪精舍明复斋，至正乙酉刻《书集传邹季友音释》六卷（序末有"南溪精舍"及"至正乙酉"钟式、"明复斋"鼎式墨印，末刻"至正乙酉菊节，虞氏明复斋刊"一行），至正辛卯刻《春秋诸传会通》二十四卷（后有"至正辛卯仲冬虞氏明复斋刊"及"南溪精舍"两墨记），见《天禄琳琅后编》八、吴记。无年号刻《新刊惠民御院药方》二十卷，见陆续跋（云末有“南溪精舍鼎新绣梓”八字，目录后有“南溪书院”香炉式及钟形印）。”

③李士弘有《枯木风竹图》，元人对此多有题咏，如虞集《李员峤〈墨竹〉》、袁桷《题李士弘〈墨竹〉》《李士弘〈枯木风竹图〉》《上都客舍，士弘为作风竹》等，根据袁桷《题李士弘画明复斋风竹》，可以确定此《明复斋风竹》是其创作的一幅独立的风竹题材绘画作品。

④白玉京，指虚无缥缈，借指天帝所居之处。

按：唐李白《经乱离后天恩流夜郎忆旧游书怀赠江夏韦太守良宰》：“天上白玉京，十二楼五城。仙人抚我顶，结发受长生。”宋苏轼《游罗浮山示儿子过》：“人间有此白玉京，罗浮见日鸡一鸣。”宋陆游《夏夜》四首其四：“不知竟是真仙未？夜夜神游白玉京。”

⑤员峤，传说中海外的五仙山之一，后沉没。

按:《列子·汤问》：“渤海之东，不知几亿万里，有大壑焉……其中有五山焉：一曰岱舆，二曰员峤，三曰方壶，四曰瀛洲，五曰蓬莱。”唐顾况《送从兄使新罗》：“几路通员峤，何山是沃焦。”宋刘辰翁《念奴娇·吾年如此》：“员峤波翻，瀛洲尘败，吾屐能销几。”

慈云堂[①]

万竹凰[②]冈下，虚堂耸翠微。
隔林听返哺，前岭望孤飞。
山立斑斓服，牛眠锦绣围。
诸孙有遗范[③]，致乐报春晖。[④]

①此处有原注："周南翁祖母"，宜稼堂本、四库本同元刊本；《诗渊》脱。周应极，字南翁，周垕之子，周伯琦之父。

按：《元史》卷一百八十七《列传》第七十四《周伯琦　周应极》："父应极，至大间，仁宗为皇太子，召见，献《皇元颂》，为言于武宗，以为翰林待制。"

②凰，作"凤"。

③遗范：前人遗留的可作为楷模的法式、规范等。

按：《晋书》卷二十二《志》第十二《乐上》："武皇帝采汉魏之遗范，览景文之垂则，鼎鼐唯新，前音不改。"

④此处有原注："南翁近筑致乐堂奉母。"

送濯伯玉[1]之官云南

荡荡哀牢国[2]，耕桑换不毛。
皮[3]船乘驿稳，铜鼓报衙高。
事简归王化，民淳汰吏曹。
端知清净理，山水纵游遨。

①濯伯玉，人名，生平待考。

②公元前5世纪，在澜沧江、怒江中上游由傣族各部落以“勐掌”之名建立的部落联盟国家，因其国王名字“哀隆”的发音而被称为“哀牢国”。傣族文献则称其为勐达光，7世纪末归附汉朝。

按：《后汉书》卷八十六《南蛮西南夷列传》第七十六《西南夷·哀牢》：“哀牢夷者，其先有妇人名沙壹，居于牢山……产子男十人……独小子不能去，背龙而坐，龙因舐之。其母鸟语，谓背为九，谓坐为隆，因名子曰九隆……种人皆刻画其身，象龙文，衣皆着尾。九隆死，世世相继。乃分置小王，往往邑居，散在溪谷。”

③皮，宜稼堂本同元刊本；四库本作“官”。

次韵玉堂①画壁

至人悟穷达，敛迹寓垄亩。
良苗贵深扶，撅土戒蒿莠。
霭霭新阳浮，高下接紫宙②。
跨犊东南行，问事一俯首。
新雨泻沟塍，交流媚川后③。
辍耕非素心，帝命资左右。
相彼前山云，倏速复还岫。
卷舒乐槃涧，署壁写其旧。
清秋映空谷，风雨百神守。
夙昔经济姿，志不在杯酒。
要使风俗淳，斯民乐仁寿。④

明月入水底，摩荡空江雪。
昂昂垂纶翁，在雪不在月。
悟彼玄化理，不寐坐明发。
我舟非无桨，我车讵无轨。
迂儒守绳枢，世胄贯华阀。
愿以千尺竿，裁为济川筏。⑤

①玉堂，代侍中有玉堂署。玉堂署：宋太宗淳化年间，皇帝曾亲笔书写“玉堂之署”四个字，赐给翰林承旨苏易简，后世便用“玉堂”代称翰林院。

按：《汉书》卷七十五《眭两夏侯京翼李传》第四十五《李寻》：“过随众贤待诏，食太官，衣御府，久污玉堂之署。”宋叶梦得《石林燕语》卷七：“学士院正厅曰‘玉堂’，盖道家之名。初，李肇《翰林志》末言，‘居翰苑者，皆谓凌玉清，溯紫霄，岂止于登瀛洲哉，亦曰登玉堂焉’。自是遂以‘玉堂'为学士院之称，而不为榜。太宗时，苏易简为学士，上尝语曰：'玉堂之设，但虚传其说，终未有正名。'乃以红罗飞白'玉堂之署'四字赐之。易简即扃鐍置堂上。每学士上事，始得一开视，最为翰林盛事。绍圣间，蔡鲁公为承旨，始奏乞摹，就杭州刻榜揭之，以避英庙讳，去下二字，止曰'玉堂'云。"

②宙，上天，也指高空。

按：南朝梁江淹《构象台》："起净法兮出西海，流梵音兮至素溟。网紫宙兮洽万品，冠璇宇兮济群生。"唐王勃《七夕赋》："霜凝碧宙，水莹丹霄。"

③川后，传说中的河神。

按：三国魏曹植《洛神赋》："于是屏翳收风，川后静波。"此句后面有吕向注："川后，河伯也。"南朝宋谢灵运《游赤石进帆海》："川后时安流，天吴静不发。"唐李商隐《拟意》："银河扑醉眼，珠串咽歌喉。去梦随川后，来风贮石邮。"

④此处有原注："秋谷耕云。"

⑤此处有原注："寒江钓雪。"济川筏，即济川舟，直译为通过大河的小船，后比喻具有济世治国才能的人。

按：《尚书》卷十《说命上》："命之曰：'朝夕纳诲，以辅台德。若金，用汝作砺；若济巨川，用汝作舟楫；若岁大旱，用汝作霖雨。'"唐胡曾《咏史诗·汨罗》："襄王不用直臣筹，放逐南来泽国秋。自向波间葬鱼腹，楚人徒倚济川舟。"

再次韵

粤商[1]有阿衡[2]，肥遁乐畎亩。
深耕力其勤，嘉谷宁有莠。
时来起丘园，勋业冠宇宙。
持此金石心，黾勉佐元首[3]。
维敬在一德[4]，维训守先后[5]。
高风邈难追，白云在前岫。
堂堂匡济功，匪以夙昔旧。
譬彼执御[6]人，先道谨为右。
精忠百壬[7]避，正色九关[8]守。
我昔梦见之，再拜酹[9]卮酒。
空[10]谷秋思深，图之奉千寿。

维昔师尚父[11]，垂老须眉雪。
突兀江海姿，韬精忘岁月。
坐石投其竿，秘篇[12]时一发。
载车与之归，在德不在轨。
念昔经济[13]人，事定始功阀。
寒江眇风涛，乘桴可知筏。

①粤商，即殷商。“粤”，古同“聿”“越”“曰”，文言助词，用于句首或句中。

②阿衡，商代官名，师保之官，也引申为国家辅弼之任，宰相之职。

按：《诗经·商颂·长发》：“昔在中叶，有震且业。允也天子，降予卿士，实维阿衡，实左右商王。”《尚书》卷八《太甲上》：“惟嗣王不惠于阿衡，伊尹作书曰：‘先王顾諟天之明命，以承上下神祇。社稷宗庙，罔不祗肃。

天监厥德，用集大命，抚绥万方。’”

③元首，即主。

按：《尚书》卷五《益稷》：“庶尹允谐，帝庸作歌，曰：‘敕天之命，惟时惟几。’乃歌曰：‘股肱喜哉，元首起哉，百工熙哉。’”

④一德，即始终如一，恒守其德。

按：汉桓宽《盐铁论·世务》：“方此之时，天下和同，君臣一德，外内相信，上下辑睦，兵设而不试，干戈闭藏而不用。”《宋书》卷六十七《列传》第二十七《谢灵运》：“或平生之所流览，并于今而弃诸。验前识之丧道，抱一德而不渝。”

⑤先后，此谓先世君王。

按：《汉书》卷七十三《韦贤传》第四十三《韦玄成》：“我既此登，望我旧阶，先后兹度，涟涟孔怀。”颜师古注：“先后即先君也。”

⑥执御，即驾车。

按：《论语》卷九《子罕》第九：“子闻之，谓门弟子曰：‘吾何执？执御乎？执射乎？吾执御矣。’”唐杨炯《隰川县令李嘉墓志铭》：“将军李牧，人主愿其同时；河尹李膺，天下思其执御。”

⑦壬，指巧言善辩。

按：《尚书》卷四《皋陶谟》：“禹曰：‘吁！咸若时，惟帝其难之。知人则哲，能官人。安民则惠，黎民怀之。能哲而惠，何忧乎欢兜？何迁乎有苗？何畏乎巧言、令色、孔壬？’”

⑧九关，指宫阙，代指朝廷。

按：《宋书》卷十六《志》第六《礼三》：“命五神以相列，辟九关以集灵，警卫兵而开云，先雨祇以洒路。”宋陆游《言怀》：“孰云九关远，精意当彻闻。”

⑨酹，宜稼堂本同元刊本；四库本作“酬”，亦通。酬，酹祭也。酹，以酒浇地，表示祭奠。所以“酬”同“酹”。

按：唐李白《九日登山》：“灵仙如仿佛，奠酹遥相知。”宋苏轼《念奴娇·赤壁怀古》：“人生如梦，一尊还酹江月。”

⑩空，宜稼堂本同元刊本；四库本作“容”，形似而误。

⑪尚父，也作“尚甫”，最早为西周时对太公吕望的尊称，后意为可尊敬的父辈。

按：《诗经·大雅·大明》：“维师尚父，时维鹰扬。”

⑫秘籥，即密钥，隐秘的锁键。比喻奥秘之处、奥秘之法。

按：宋释文莹《玉壶清话》卷一：“三人者笑谓至曰：‘请无虑，主上文明，吾辈苟以观书得罪，不犹愈他咎乎？’因强拉秘钥启窥。”宋赵彦卫《云麓漫钞》卷十四《今定洛书本数禹所次图》：“胡有诗曰：‘白蘋风静碧波沉，画舸来游着意深。愿觅灵文窥秘钥，更追遗范写良金。’”

⑬经济，即经邦济世，是经邦、经国与济世、济民的简称。

按：《晋书》卷三十三《列传》第三《石苞·石崇》：“宣帝闻苞好色薄行，以让景帝。帝答曰：‘苞虽细行不足，而有经国才略，夫贞廉之士，未必能经济世务。’”《晋书》卷七十七《列传》第四十七《殷诰》：“足下沉识淹长，思综通练，起而明之，足以经济。”宋梅尧臣《汴渠》：“我实山野人，不识经济宜。”

上都客舍士弘[1]为作风竹

门巷泥深笑独清，此君萧[2]洒未忘情。
无端昨夜风花急，却送秋声作雨声。

①士，宜稼堂本同元刊本；四库本作“王”，形似而误。士弘，即李士弘。见前《题李士弘学士画明复斋风竹》“李士弘”条注。

②萧，宜稼堂本、元刊本作“萧”；四库本作“潇”，亦通。

金主[1]画孟浩然骑驴图

生前明主已遭嗔，身后君王为写真。
家国总缘诗句废，灞陵犹胜蔡州[2]尘。

木叶山[3]前雪似银，软裘难作自由身。
想应[4]晚岁[5]朝陵[6]后，故写骑驴处士真。

北阙[7]明言不上书，蹇驴何自入西都。
开元天子[8]元无分，留与他生作画图。

①金主，即金代皇帝完颜亮、完颜璟等，诗词、书画作品都很优秀。《孟浩然骑驴图》究竟为谁所作，待考。

按：宋刘克庄《孟浩然骑驴图》：“坏墨残缣阅几春？灞桥风味尚如真。摩挲只可夸同社，装饰应难奉贵人。旧向集中窥一面，今于画里识前身。世间老手惟工部，曾伏先生句句新。”

②蔡州，在孟浩然家乡湖北襄阳一带。

按：唐王维《哭孟浩然》（时为殿中侍御史，知南选，至襄阳有作）：“故人不可见，汉水日东流。借问襄阳老，江山空蔡州。”

③木叶山：契丹语，意思为“高山”，是契丹祖源之地，也是契丹人的祭天之处。其具体位置尚有争议，有阿鲁科尔沁旗的天山，翁牛特旗海拉苏附近，开鲁县白沙坨、黑龙坝，巴林左旗曼其嘎山，辽宁朝阳云蒙山、锦州医巫闾山等说法。按照史料记载，一般认为木叶山位于今内蒙古西拉木伦河与老哈河汇流处。此诗中的“木叶山”代指金朝发祥之地。

按：《辽史》卷三十二《志》第二《营卫志》中《部族》上：“契丹之先，曰奇首可汗，生八子。其后族属渐盛，分为八部，居松漠之间。今永州木叶山有契丹始祖庙，奇首可汗、可敦并八子像在焉。”《辽史》卷三十七《志》第七

《地理一·上京道》："永州，永昌军，观察。承天皇太后所建。太祖于此置南楼。乾亨三年，置州于皇子韩八墓侧。东潢河，南土河，二水合流，故号永州。冬月牙帐多驻此，谓之冬捺钵。有木叶山，上建契丹始祖庙，奇首可汗在南庙，可敦在北庙，绘塑二圣并八子神像。"宋李焘《续资治通鉴长编》卷九十七《真宗天禧五年》："先是，宋绶等使还，上《契丹风俗》，云：'绶等始至木叶山，山在中京东微北。自中京东过小河……凡八十里至张司空馆，七十里至木叶馆。离中京皆无馆舍，但宿穹帐，欲至木叶三十里许，始有居人瓦屋及僧舍。又历荆榛荒草，复渡土河，至木叶山，本阿保机葬处。又云祭天之地……'"

④应，宜稼堂本同元刊本；四库本作"因"。

⑤晚岁，宜稼堂本同元刊本；四库本作"岁晚"。

⑥朝陵：帝王拜扫祖先陵墓。

按：宋范仲淹《论西京事宜札子》："然彼空虚已久，绝无储积，急难之时，将何以备？宜以将有朝陵之名，渐营廪食。"宋孟元老《东京梦华录》卷七《清明节》："禁中前半月，发宫人、车马朝陵，宗室、南班、近亲，亦分遣诣诸陵坟享祀。"

⑦北阙：宫殿北面的门楼，是大臣等候朝见或上书奏事的地方。

按：《史记》卷四十九《外戚世家》第十九："卫太子废后，未复立太子。而燕王旦上书，愿归国入宿卫。武帝怒，立斩其使者于北阙。"唐孟浩然《岁暮归南山》："北阙休上书，南山归敝庐。"

⑧开元天子，此处即唐玄宗李隆基，他开创了唐代的开元盛世。孟浩然时逢盛世，却一直沉沦下僚，于是，在自己的诗作中发出了"欲济无舟楫，端居耻圣明。坐观垂钓者，徒有羡鱼情"的感慨。

按：《新唐书》卷二百三十《列传》第一百二十八《文艺》下《孟浩然》："孟浩然，字浩然，襄州襄阳人……年四十，乃游京师……帝问其诗，浩然再拜，自诵所为，至'不才明主弃'之句，帝曰：'卿不求仕，而朕未尝弃卿，奈何诬我？'因放还……张九龄为荆州，辟置于府，府罢。"

李陵台[①]

矢尽卷空[②]计未疏，囊封朝奏似怜渠。
汉家天子春秋责，从此降臣直笔书。

雪衮寒沙风衮灰，眼穿犹上望乡台[③]。
陇西可是无回雁，不寄平安一字来。

①李陵台，地名，在内蒙古自治区锡林郭勒盟正蓝旗西南黑城子。

按：元王恽《秋涧先生大全集》卷七十三《题汉使任少公招李陵归汉图后》："中统辛酉春，予扈跸北上，次桓之北山，或曰此李陵台也。"《秋涧先生大全集》卷八十《中堂事记》上："次桓州。故城西南四十里，有李陵故台，道陵敕建祠宇故址尚在。"元杨允孚《滦京杂咏一百首》注李陵台："此地去上京百里许。"《古代图书集成》之《宣化府古迹考》："李陵台，《元史》以台属开平，且云在粮道侧，国初人运饷亲见之。"《唐地志》："云中都护有燕然山，山有李陵台，盖陵不得归，登以望汉焉。"

②卷空，即空卷，意为无箭的弓，此处指李陵弹尽粮绝。

按：《汉书》卷六十二《列传》第三十二《司马迁》："李陵一呼劳军，士无不起，躬流涕，沫血饮泣，张空卷，冒白刃，北首争死敌。"唐皮日休《鲁望昨以五百言见贻过有褒美内揣庸陋弥增愧悚因成一千言上述吾唐文物之盛次叙相得之欢亦迭和之微旨也》："纵有命世才，不如一空卷。"

③望乡台，指古代久戍不归或流落外地的人，为眺望故乡而登上的高台。

按：唐王勃《蜀中九日》："九月九日望乡台，他席他乡送客杯。人情已厌南中苦，鸿雁那从北地来。"唐李群玉《闻笛》："望乡台上望乡时，不独落梅兼落泪。"

上都杨节妇[1]

吹彻玉参差，孤鸾天外飞。
匣藏身后剑，箧宝嫁时衣。
寿乐厖眉[2]耸，心清鹤骨[3]肥。
诸郎新玉立，孝谨报春晖。

①节妇，旧时婚俗之一，丈夫死后女子守节不改嫁，即礼教所倡“从一而终”。杨节妇，尚未见其他文献记载。

按：晋傅玄《秋胡行》其一：“奈何秋胡，中道怀邪。美此节妇，高行巍峨。”唐胡曾《望夫山》：“古来节妇皆销朽，独尔不为泉下尘。”

②厖眉：花白眉毛，形容人老的样子。

按：汉王褒《四子讲德论》：“厖眉耆耇之老，咸爱惜朝夕，愿济须臾，且观大化之淳流。”宋王安石《赠老宁僧首》：“秀骨厖眉倦往还，自然清誉落人间。”

③鹤骨：指修道者的神韵。

按：唐孟郊《石淙》十首其五：“飘飘鹤骨仙，飞动鳌背庭。”宋苏轼《寒碧轩诗》：“道人绝粒对寒碧，为问鹤骨何缘肥？”

开平第二集　己未

开平第二集　己未[①]

①元仁宗延祐六年，即1319年。

登候台[①]

蜿蜒西龙冈，绿草摇晴[②]波。
旁有双玉井[③]，石角增嵯峨。
明良佐神运，目力穷坡陀。
层垣睥睨雄，宝构通羲娥[④]。
昂昂铁竿[⑤]耸，飞鸟光荡摩。
土屋粘蜜房[⑥]，文毡围锦窠。
缅思皇猷[⑦]远，默[⑧]止松林戈。
匪以清暑游，跋履[⑨]劳鸣珂。
阴森晚色晦[⑩]，寒沙聚群驼。
悲笳月初上，戴斗[⑪]瞻天河。

①候台，指烽火台，古时因战争需要在边境要地垒筑的高台，用以瞭望敌情，燃烽火报警。

按：《后汉书》卷七十八《宦者列传》第六十八《张让传》："宦官得志，无所惮畏，并起第宅，拟则宫室。帝常登永安候台，宦官恐其望见居处，乃使中大人尚但谏曰：'天子不当登高，登高则百姓虚散。'自是不敢复升台榭。"北魏郦道元《水经注》卷十四《湿余水》："湿余水出上谷居庸关东……溪之东岸有石室三层，其户牖扇扉，悉石也，盖故关之候台矣。"

②晴，一作"清"。

③玉井：井的美称。

按：晋葛洪《抱朴子内篇》卷六《微旨》："夫太元之山，难知易求，不天不地，不沉不浮，绝险绵邈，崖嵬崎岖，和气细缊，神意并游，玉井泓邃，灌溉匪休，百二十官，曹府相由，离坎列位，玄芝万株……"唐刘云《有所思》："玉井苍苔春院深，桐花落尽无人扫。"

④羲娥：日神御羲与月神嫦娥的并称，借指日、月。

按：唐韩愈《石鼓歌》：“孔子西行不到秦，掎摭星宿遗羲娥。嗟予好古生苦晚，对此涕泪双滂沱。”宋杨时《江上晚步》：“羲娥偶相怜，岁往如破竹。”

⑤铁竿，即铁幡竿。元上都西侧的山上树有铁幡竿，为示镇压水患，也作“铁番竿”。

按：元杨允孚《滦京杂咏》其二十八：“铁番竿下草如茵，澹澹东风六月春。”

⑥蜜房：蜜蜂的巢。

按：汉班固《终南山赋》：“碧玉挺其阿，蜜房溜其巅；翔风哀鸣集其上，清水泌流注其前。”

⑦皇猷：帝王的谋略或教化。

按：《晋书》卷七十一《列传》第四十一《孙惠》：“社稷危而复安，宗庙替而复绍，惟明公兄弟能弘济皇猷。国之存亡，在斯举矣。”

⑧默，宜稼堂本同元刊本；四库本作“嘿”，亦通。嘿同默，意为静止、不说话。

按：《韩非子》卷十八《六反第四十六》：“人皆寐则盲者不知，皆嘿则喑者不知。”

⑨跋履：形容旅途辛劳奔波。

按：宋苏轼《与程彝仲》六首其一：“承以科诏入都，跋履之余，起居佳否？”

⑩色，宜稼堂本同元刊本；四库本作“岁”。

⑪戴斗：北方。

按：唐李德裕《与纥扢斯可汗书》：“可汗生戴斗之乡，居寒露之野，智谋精果，材志沉雄；威动龙荒，声驰象魏，眷言丕绩，深用注怀。”宋曾巩《亳州谢到任表》：“扶桑戴斗之区，度索寻橦之国，来于四海之外，曾无一岁之虚。”

次韵伯宗[1]同行至上都

游尘卷飞蓬，积水翻惊波。
群山拥双阙，勇势凌岷峨。
藉草各小憩，侧身复登陀。
纤峰修眉耸，伫立愁湘娥。
仰视北斗光，烨烨[2]疑肩摩。
田父指我言，昔日搜雕窠。
吾皇罢毕弋[3]，射生久[4]投戈。
二客何舒迟，直可鸣朝珂。
银罂[5]传绿蚁[6]，翠釜登紫驼[7]。
出处愧我异，爱君笔悬河。

①李之绍，字伯宗，号果斋，平阴人。大德七年（1303），袁桷刚入翰林院时就与李之绍熟识，视其为友。延祐六年，两人同赴上都，在此期间有许多唱和诗篇，收于《开平第二集》。

按：《元史》卷一百六十四《列传》第五十一《李之绍》："李之绍，字伯宗，东平平阴人。自幼颖悟聪敏……至治二年，升翰林侍讲学士、知制诰同修国史。三年，告老而归。泰定三年八月卒，年七十三。"

②烨烨，四库本同元刊本；宜稼堂本作"煜煜"，亦通。

③"毕"为捕兽所用的网，"弋"为射鸟所用的系绳之箭。毕弋，泛指打猎活动。

按：《诗经·齐风·卢令序》："襄公好田猎毕弋，而不修民事，百姓苦之。"《新唐书》卷九十七《列传》第二十二《魏征》："在贞观初，高居深拱，无田猎毕弋之好。数年之后，志不克固，鹰犬之贡，远及四夷，晨出夕返，驰骋为乐，变起不测，其及救乎？"

④生久，宜稼堂本同元刊本；四库本作“又生”，误。射生，射生手也，指的是射猎禽兽的士兵。

按：《新唐书》卷一百三十七《列传》第六十二《郭子仪》：“诏趣诣省视事，百官往庆，敕射生五百骑执戟宠卫。”

⑤银罂：银质或银饰的储存物品的器具，用以盛装流质物品，此处指银质酒杯。

按：《新唐书》卷一百六十三《列传》第八十八《柳玭》：“冯晨谒贾，贾未出，有二青衣赍银罂出，曰：‘公恐君寒，奉地黄酒三杯。’冯悦，尽举之。”唐杨巨源《石水词》二首其一：“银罂深锁贮清光，无限来人不得尝。”

⑥新酿的酒还未滤清时，酒面浮起酒渣，颜色微绿，细如蚁，称为“绿蚁”，后世用以代指新出的酒。

按：汉刘熙《释名》卷四《释饮食》第十三：“酒，酉也，酿之米曲，酉泽，久而味美也……泛齐，浮蚁在上，泛泛然也。沉齐，浊滓沉下，汁清在上也。”唐白居易《问刘十九》：“绿蚁新醅酒，红泥小火炉。晚来天欲雪，能饮一杯无。”

⑦紫驼：赤栗色的骆驼。此处代指用驼峰制成的美味。

按：唐杜甫《丽人行》：“就中云幕椒房亲，赐名大国虢与秦。紫驼之峰出翠釜，水精之盘行素鳞。”宋苏轼《送碧香酒与赵明叔教授》：“不羡紫驼分御食，自遣赤脚沽村酿。”

再次韵答李彦方[1]应奉

良会难具陈，岁月流颓波。
念昔邂逅初，黑发云冠峨。
群公擅碑板[2]，雄文记头陀。
于时接英武，奉身如素娥。
粲粲白玉署，墨沼争渐摩[3]。
所思笔成冢[4]，不计印积窠[5]。
君时皎冰雪[6]，正色羞倒戈。
习隐[7]吏金马[8]，吊古师铜驼[9]。
瞬息已廿载，愧彼桑干河。

①李端，字彦方，号静斋，河北保定人，生卒年、事迹待考。陈旅有《送李彦方副使入闽》、马祖常有《李陵台次韵李彦方应奉》、袁桷有《次韵华严贺李彦方除监察御史》等。

按：元柳贯《处州路学归田记》："李公名端，字彦方，保定人。历仕馆阁，入御史府，出节东闽，再转而莅东浙。摧奸击暴，不挠不矜。而尤尊其所自，振扬风教，壹本于儒，学者称'静斋先生'。"

②碑板，即碑版，指碑志铭文。

按：晋谢灵运《入华子冈是麻源第三谷》："图牒复磨灭，碑版谁闻传？莫辨百代后，安知千载前？"

③渐摩，也作"渐磨"，意谓浸润，引申为教育感化。

按：《汉书》卷五十六《董仲舒传》第二十六："立太学以教于国，设庠序以化于邑，渐民以仁，摩民以谊，节民以礼，故其刑罚甚轻而禁不犯者，教化行而习俗美也。"

④冢，指书法家埋藏废笔之所。

按：唐李肇《唐国史补》卷中："长沙僧怀素好草书，自言得草圣三昧，弃笔堆积，埋于山下，号曰‘笔冢’。”唐李绰《尚书故实》：“永公住吴兴永欣寺，积年学书，秃笔头十瓮，每瓮皆数石。人来觅书并请题额者如市，所居户限为之穿穴，乃用铁叶裹之，人谓为‘铁门限’。后取笔头瘗之，号为‘退笔冢’，自制铭志。”

⑤窠：图章所印的痕迹。

按：唐段成式《酉阳杂俎》续集卷一《支诺皋上》：“因探怀中，出一牒，印窠犹湿。见其姓名分明，为猫犬四百六十头论诉事。”

⑥雪，宜稼堂本同元刊本；四库本作“霜”。

⑦习隐，即习练隐遁，指超然物外，忘情一切。

按：《庄子·内篇·齐物论》：“南郭子綦隐机而坐，仰天而嘘，嗒焉似丧其耦。”南朝齐孔稚珪《北山移文》：“学遁东鲁，习隐南郭。”唐皮日休《襄阳闲居与友生夜会》：“习隐悠悠世不知，林园幽事递相期。”

⑧金马，即金马门，也称“金闺”，原为汉代宫门的名称，此处意谓“大隐隐于朝”。

按：《史记》卷一百二十六《滑稽列传》第六十六：“金马门者，宦〔者〕署门也，门傍有铜马，故谓之曰‘金马门’。”

⑨铜驼：汉代皇帝曾于洛阳铸造铜驼一对，铜驼伫立之处便被称为铜驼街，后逐渐成为洛阳城中最繁华的街道。

按：《晋书》卷六十《列传》第三十《索靖》：“靖有先识远量，知天下将乱，指洛阳宫门铜驼，叹曰：‘会见汝在荆棘中耳！’”

伯宗[1]再次韵复叙旧

玉署日倒影，绮窗水回波。
堂前双琪树[2]，暑清绿云[3]峨。
君时坐其下，凉漪起陂陀[4]。
悲商[5]激湘累[6]，急羽凌韩娥[7]。
执简[8]谅且直，惜日勤编摩[9]。
盛世昭休明[10]，卑枝鸟争窠。
掀髯纪其端[11]，刻佞侔铅戈。
占风念[12]灵乌[13]，听水悲老驼。
俯仰各努力，解珮[14]投于河。

①伯宗，即李伯宗。

②琪树，宜稼堂本同元刊本；四库本作“树琪”，颠倒。

③绿云，原本比喻女子黑发，此处应指绿树成荫的状态。

按：唐杜牧《阿房宫赋》：“绿云扰扰，梳晓鬟也。”宋无名氏《念奴娇》：“绿云霁雨，倚晴空千尺，长江澄縠。十里薰低、绣幕四叶，其余华屋。”

④陂，宜稼堂本同元刊本；四库本作“陀”，误。涟漪，风吹水而起波纹，故有陂陀之倾斜不平貌。

⑤商为五音之一，音调凄厉，后多指悲秋之声。

按：《礼记》卷六《月令》：“孟秋之月，日在翼，昏建星中，旦毕中。其日庚辛。其帝少皞，其神蓐收。其虫毛，其音商。律中夷则。其数九。其味辛。其臭腥。其祀门。祭先肝。”

⑥古文称不应判罪而死为“累”。屈原无故被流放，投湘水而死，称湘累，此处用以代指屈原，也泛指被贬黜的人。

按：《汉书》卷五十七上《扬雄传上》：“淑周楚之丰烈兮，超既离乎皇波，因江潭而淮记兮，钦吊楚之湘累。”

⑦韩娥：春秋早期韩国善歌的女子。

按：《列子·汤问》：“昔韩娥东之齐，匮粮，过雍门，鬻歌假食。既去，而余音绕梁欐，三日不绝，左右以其人弗去。过逆旅，逆旅人辱之。韩娥因曼声哀哭，一里老幼悲愁，垂涕相对，三日不食。遽而追之。娥还，复为曼声长歌。一里老幼喜跃抃舞，弗能自禁，忘向之悲也。乃厚赂发之。”

⑧执简，即手持简册读书，也用以代指任史官、御史之职。

按：《左传·襄公二十五年》：“南史公闻太史尽死，执简以往。”南朝梁刘勰《文心雕龙》卷四《史传》第十六：“爰及太史谈，世惟执简；子长继志，甄序帝绩。”

⑨编摩，即编集。

按：宋罗大经《鹤林玉露》卷五乙编《戒更革》：“陆象山云：‘往时充员敕局，浮食是惭……每与同官悉意论驳，朝廷清明，常得寝罢。编摩之事，稽考之勤，顾何足以当大官之膳，或庶几者，仅此可以偿万一耳。’”

⑩休明：清明之世。

按：《左传·宣公三年》：“楚子问鼎之大小、轻重焉。对曰：‘在德不在鼎……桀有昏德，鼎迁于商，载祀六百。商纣暴虐，鼎迁于周。德之休明，虽小，重也。’”

⑪端，宜稼堂本同元刊本作“瑞”，形似而误。

⑫念，宜稼堂本同元刊本；四库本作“验”。

⑬灵乌，即喜鹊。喜鹊乌属，也称乌鹊，唐以后俗称能报喜，因而此处以灵乌称之。

按：宋刘克庄《前调·送包尉》：“想慈颜望久，灵乌乍噪，新眉画就，郎马频嘶。”

⑭珮，宜稼堂本同元刊本；四库本作“佩”，亦通。

伯宗游华严寺①次韵二首

平芜寒碛际，突兀梵宫尊。
白石开金地②，青莲拥绀园③。
城低千④嶂⑤拥，塔静一铃喧。
夙昔庄严果，无言急掩轩。

欲问生公⑥法，年深不上堂。
断云成密树⑦，深柳当疏篁。
十地⑧三乘⑨要，诸⑩天百和香⑪。
玄机吾素解，何日勘禅房。

①华严寺，即龙光华严寺，是上都最重要的佛教寺院之一，位于上都皇城东北角。

按：元虞集《佛国普安大禅师塔铭》：“丙辰之岁，始城上都。又三年戊午之岁，作大龙光华严寺，寺于城东北隅，温公主之。”

②金地，也称金田，佛教认为菩萨居处用黄金铺地，借指佛寺。

按：宋释道诚《释氏要览》卷上《居处·金地》：“金地，或云金田，即舍卫国给孤长者侧布黄金，买祇陀太子园，建精舍，请佛居之。”

③绀园：佛寺的别称。

按：北周庾信《奉和法筵应诏》：“千柱莲花塔，由旬紫绀园。佛影胡人记，经文汉语翻。”唐沈佺期《游少林寺》：“绀园澄夕霁，碧殿下秋阴。归路烟霞晚，山蝉处处吟。”

④千，元刊本、四库本作“干”，形似而误。

⑤嶂，宜稼堂本同元刊本；四库本作“障”，亦通。

⑥生公：晋末高僧竺道生的尊称。相传生公曾于苏州虎丘寺立石为徒，讲《涅槃经》，讲至微妙处，石皆点头。

按：唐李绅《鉴玄影堂》："定心池上浮泡没，招手岩边梦幻通。深夜月明松子落，俨然听法侍生公。"唐张祜《秋夜宿灵隐寺师上人》："不妨无酒夜，闲话值生公。"唐陆龟蒙《独夜》："生公把经向石说，而我对月须人为。"

⑦树，宜稼堂本、元刊本作"柳"。

⑧十地：梵语意译词，或译为"十住"。大乘佛教认为菩萨修行所经历的十个境界，即十地。

按：南朝梁刘勰《文心雕龙·附录·别著第九·灭惑论》："拔愚以四禅为始，进慧以十地为阶。"

⑨三乘：佛教语，一般指小乘（声闻乘）、中乘（缘觉乘）和大乘（菩萨乘），三者均为浅深不同的解脱之道，也泛指佛法。

按：《魏书》卷一百一十四《释老志十》第二十："初根人为小乘，行四谛法；中根人为中乘，受十二因缘；上根人为大乘，则修六度。虽阶三乘，而要由修进万行，拯度亿流，弥历长远，乃可登佛境矣。"

⑩诸：佛教语，为轮回流转中的善趣之一，总称为"诸天"，也指神界的众神位，后泛指天界、天空。

按：后秦佛陀耶舍等《长阿含经》卷一《第一经：大本经》："佛告比丘：'毗婆尸菩萨生时，诸天在上于虚空中，手执白盖宝扇，以障寒暑、风雨、尘土。'"隋宝贵合、北凉昙无谶译《合部金光明经》卷五《场·四天王品第六》："我等四王及无量鬼神、阎浮提内诸天善神，以是因缘，得服甘露，法味充足，得大威德，进力具足，阎浮提内安隐丰乐，人民炽盛，安乐其处。"

⑪百和香，简称"百和"，由各种香料组合而成的香。

按：汉班固《汉武帝内传》："至七月七日，乃修除宫掖之内，……燔百和之香，张云锦之帐。"南朝梁吴均《行路难》五首其五："博山炉中百和香，郁金苏合及都梁。逶迤好气佳容貌，经过青琐历紫房。"

上京杂咏[1]

云护中街[2]日，风开北户[3]天。
千沟凝白雪，万灶起青烟。
午溽曾持扇，朝寒却衣绵。
松林空有界，剪伐不知年。

土屋层层绿，沙坡簇簇黄。
马鸣知雹急[4]，雁过识天凉。
墨菊清秋色，金莲细雨香。
内园通阆苑，千树压群芳。

天阙[5]虚无里[6]，城低纳远山。
白榆迷雁塞，青草补龙湾。
市簇家家近，官清日日闲。
重游深问俗，渐恨鬓毛斑。

旧岁寒冬恶，霏霏土雨迷。
门荒悬马革，草净绝牛蹄。
列帐烟光惨，空营月色低。
县官[7]捐粟帛，岁晚得扶携。

上国饶为客，天凉眼倍青[8]。
白鱼沙际网，黄鼠草间翎。
芍药围红斗，摩姑[9]缀玉钉。
渐知尘骨换，振佩接青冥。

天锡清凉国，晴霞绽雪峰。
月低疑堕兔[10]，云近得攀龙。
宝鉴[11]颁冰撤，�笼[12]赐果封。
白头貂帽客，为我话深冬。

驼鼓村村应，传更趣进程[13]。
草肥凉露白，树薄晓风清。
帐殿横金屋，毡房簇锦城。
属车流水度，细点侍臣名。

伏日琼林宴[14]，名王总内朝。
帽尖花压翠，衣角锦团貂。
炙熟牛酥[15]芼，醅深马乳浇。
柘枝[16]旋舞急，宛转称纤腰。

市狭难驰马，泥深[17]易没车。
冻蝇争日聚，新燕掠风斜。
晚汲喧沙井，晨炊断木楂。
闾阎[18]通茗酪，俗简未全奢。

长夏崇真馆[19]，疏帘洒静便。
支颐推万古，止息契重玄[20]。
月窟窗如雪，天瓢酒似泉。
主人怜老客，下榻不曾悬。

①上京，即上都。上京杂咏，宜稼堂本、四库本同元刊本；《诗渊》作“上京杂咏二十首”，但实际只收录《上京杂咏》十首及《再次韵》前七首。

②中街：星宿名，借指黄道。

按：《魏书》卷九十一《列传术艺》第七十九《张渊》："天狗接狼以吠守，野鸡伺晨于参墟。"唐杜甫《夏日叹》："夏日出东北，陵天经中街。朱光彻厚地，郁蒸何由开？"

③北户：向北开的门。

按：晋左思《吴都赋》："泉室潜织而卷绡，渊客慷慨而泣珠。开北户以向日，齐南冥于幽都。"

④雹，宜稼堂本、《诗渊》同元刊本； 四库本作"炮"，误。

⑤天阙，即天上宫阙。此处指都城，也指朝廷。

按：北魏杨衒之《洛阳伽蓝记》卷五《城北·闻义里》："闻义里有燉煌人宋云宅，云与惠生俱使西域也……惠生在乌场国二年，西胡风俗，大同小异，不能具录。至正光三年二月，始还天阙。"唐韩愈《赠刑部马侍郎》："暂从相公平小寇，便归天阙致时康。"

⑥无里：不可以里数记，指无比辽阔。

按：南朝齐张融《海赋》："吾远职荒官，将海得地，行关入浪，宿渚经波，傅怀树观，长满朝夕，东西无里，南北如天，反覆悬乌，表里菟色。壮哉水之奇也，奇哉水之壮也。"

⑦县官：朝廷、官府。西汉时常用以称官府或皇帝。

按：《史记》卷十一《孝景本纪》第十一："郅将军击匈奴。酺五日。令内史郡不得食马粟，没入县官。"

⑧眼倍青，即青眼、青眼相加之意，表示喜欢。据说阮籍善作青白眼，对看重、喜欢的人青眼相待，对不喜欢的便白眼相看。

按：《晋书》卷四十九《列传》第十九《阮籍》："籍又能为青白眼，见礼俗之士，以白眼对之。及嵇喜来吊，籍作白眼，喜不怿而退。喜弟康闻之，乃赍酒挟琴造焉，籍大悦，乃见青眼。"唐杜甫《短歌行·赠王郎司直》："仲宣楼头春色深，青眼高歌望吾子。"

⑨摩，宜稼堂本、《诗渊》同元刊本；四库本作"麻"，误。摩姑即蘑菇。

按：宋杨万里《答江东耿运使》："某惶恐再拜，敬问契家台婘，即日恭惟尊稚蒙福。饷以天花、摩姑、鳆鱼、鲨线、海错、宣笔，下拜珍感之至。”

⑩堕兔，神话传说中认为月中有玉兔，堕兔也指落月，与后代之“坠兔”意同。

按：明李昌祺《剪灯余话》卷三《武平灵怪录》：“逡巡间，坠兔收光，远鸡戒晓。”

⑪宝鉴：镜子。此处用来比喻月亮。

按：《宋史》卷四百八十六《列传》第二百四十五《外国二·夏国下》：“及崇贵至，云定奉使谅祚，常拜称臣，且许以归沿边熟户，谅祚遗之宝剑、宝鉴及金银物。”宋刘过《蝶恋花·赠张守宠姬》：“宝鉴年来微有晕。懒照容华，人远天涯近。”

⑫筠笼：竹篮、箱箧之类盛器。

按：唐杜甫《野人送朱樱》：“西蜀樱桃也自红，野人相赠满筠笼。”宋苏辙《山胡》：“被执应多恨，筠笼仅不容。”

⑬趣，宜稼堂本、《诗渊》同元刊本；四库本作“趋”，亦通。

⑭琼林宴，泛指宫廷御宴。琼林宴为科举四宴之一，是文举殿试后为新科进士举行的宴会，始于宋代。宋太祖赵匡胤规定，在殿试后由皇帝宣布登科进士的名次，并赐宴庆贺。由于从宋太平兴国九年至政和二年（984—1112）天子均于琼林苑赐宴新进进士，因而得名。

按：宋叶梦得《石林燕语》卷一：“琼林苑，乾德中置。太平兴国中，复凿金明池于苑北，导金水河水注之……至上巳，车驾临幸毕，即闭。岁赐二府从官燕，及进士闻喜燕，皆在其间。”《宋史》卷七《本纪》第七《真宗二》：“夏四月，赐进士李迪等琼林宴。丁酉，枢密直学士刘师道责授忠武军行军司马，右正言、知制诰陈尧咨单州团练使，俱坐考试不公。”

⑮牛酥：从牛奶中提炼出来的酥油。

按：《新唐书》卷三十七《地理一·关内道》：“庆州顺化郡，中都督府。本弘化郡，天宝元年曰安化，至德元载更名。土贡：胡女布、牛酥、麝、蜡。”

⑯柘枝，即跳柘枝舞的女子。柘枝舞，来自西域的石国，石国又名柘枝，因而得名。最初为女子独舞，后来有双人舞，名《双柘枝》。柘枝舞到宋代变为群舞，仍沿用固有的曲目名称与表演形式。

按：《宋史》卷一百四十二《志》第九十五《乐》十七《教坊》："队舞之制，其名各十。小儿队凡七十二人：一曰柘枝队，衣五色绣罗宽袍，戴胡帽，系银带……"《唐才子传》卷六《殷尧藩》："及来长沙，尚书李翱席上有舞柘枝者，容语凄恻，因感而赋诗以赠曰：'姑苏太守青娥女，流落长沙舞柘枝。满座绣衣皆不识，可怜红粉泪双垂。'"

⑰泥，宜稼堂本、《诗渊》同元刊本；四库本作"尘"，亦通。深，泥泞之意。上都城建在金莲川草原，有滦河流经，属草甸草原，因而夏季街路常常泥泞不堪。

⑱古代以二十五家为闾，阎指里巷的门，后多借指里巷，也泛指民间或平民。

按：《史记》卷三十《平准书》第八："守闾阎者食粱肉，为吏者长子孙，居官者以为姓号。"《史记》卷七十一《樗里子甘茂列传》第十一："甘茂起下蔡闾阎，显名诸侯，重强齐楚。"

⑲崇真馆，即崇真万寿宫，元上都正一教的道宫。

按：宋李焘《续资治通鉴长编》卷八十五《真宗大中祥符八年》："向敏中曰：'外人不知修崇真馆，虽暂役兵卒，实无妨民事。"

⑳止，宜稼堂本、《诗渊》同元刊本；四库本作"心"，误。重玄，也称"双玄"，源自先秦老庄道家思想，盛于两晋隋唐。

按：《道德经》第一章："道可道，非常道；名可名，非常名。无名，天地之始，有名，万物之母。故常无欲，以观其妙；常有欲，以观其微。此两者同出而异名，同谓之玄。玄之又玄，众妙之门。"《晋书》卷九十四《列传》第六十四《隐逸》："先生弃众人之所收，收众人之所弃，味无味于恍惚之际，兼重玄于众妙之内。"

再次韵[1]

帝京环陆海[2]，平野接冰天[3]。
龙吐青林[4]火，狼沉紫塞烟。
风花秋黯淡，云叶雨连绵。
昔日君臣意，深符卜洛[5]年。

宝阁凌空涌，金壶映日黄。
梵音通朔漠，法曲广伊凉[6]。
御榻惟经帙，宫炉独篆香[7]。
吾皇清净德，银管[8]愿垂芳。

高下云中树，疏明雪外山。
坡凹茅结屋，岭转水回湾。
禁路分驰道，沙场当内闲[9]。
通明风露冷，时许侍清班。

晨起仪台[10]立，烟青望眼迷。
草低鹰侧目，车逼马回蹄。
风劲弓弦直，泥融柱础低。
蚊蝇深敛迹，麈尾不须携。

紫极中天正，森森接帝青。
雁归传帛信，雉落舞红翎。
宝所[11]金千顷，朱门带万钉。
瀛洲清浅处，高坐纳空[12]冥。

昔年曾扈跸，宿直[13]对鳌峰[14]。
锦掣兰苕翠，波翻墨沼龙。
起居青简注，[15]除拜紫泥封。
共说先皇日，千官总住冬[16]。

土驿高低置，苍茫七日程。
马通分熠耀，牛酪注深清。
残雪明珠阙，繁星列火城[17]。
前山黄白处，草药不知名。

千堞蜂腰凸，群山马首朝。
沙场调俊鹘，草窟射丰貂。
闹舞花频簇，狂歌酒恣浇。
今年春事减，土舍雪齐腰。

箭落惊游骑，铃[18]传督运车。
土风殊楚越，驿道仿褒斜[19]。
细雨三更枕，清秋八月槎。
夜听繁管急，渐习五陵[20]奢。

长斋孤馆静，捧腹睡便便。
酒断眸凝碧，尘深鬓返玄。
冻蜂粘暖草，乳燕啄冰泉。
过翼[21]时频数，乡心日夜悬。

①再次韵，宜稼堂本、四库本同元刊本；《诗渊》此诗题下仅收录三首。
②陆海：物产富饶之地。

按：《汉书》卷二十八下《地理志》第八下："故秦地于《禹贡》时跨雍、梁二州……有鄠、杜竹林，南山檀柘，号称陆海，为九州膏腴。"

③冰天：指极北苦寒之地或极高甚寒之处。

按：《宋史》卷三百七十三《列传》第一百三十二《朱弁》："王伦还朝，言弁守节不屈……又以弁奉送徽宗大行之文为献，其辞有曰：'叹马角之未生，魂消雪窖；攀龙髯而莫逮，泪洒冰天。'"

④青林：云烟，云雾。

按：汉扬雄《羽猎赋》："羽骑营营，昈分殊事，缤纷往来，轠轳不绝，若光若灭者，布乎青林之下。"

⑤卜洛：周公卜择洛邑，得吉兆而建为东都。后世因此称经营新都为卜洛。忽必烈在元宪宗六年（1256）命刘秉忠择地筑城，因而这里有此一说。

按：《尚书》卷十五《洛诰》："我乃卜涧水东、瀍水西，惟洛食。我又卜瀍水东，亦惟洛食。"

⑥伊凉：曲调名，指《伊州》《凉州》二曲。

按：元马端临《文献通考》卷一百四十二《乐考》十五《乐歌》："凡此诸曲，唯伊、凉最著，唐诗词称之极多……"

⑦篆香，即盘香，也叫百刻香。唐宋时将香料做成篆文形状，点一端，清洁空气之外，还可依香上的篆形印记，用以燃烧计时。

按：宋秦观《减字木兰花》："天涯旧恨，独自凄凉人不问。欲见回肠，断尽金炉小篆香。"宋李清照《满庭芳》："篆香烧尽，日影下帘钩。"

⑧银管：饰银的毛笔管或白色的笔管，代指笔。

按：唐韩定辞《答马彧》："崇霞台上神仙客，学辨痴龙艺最多。盛德好将银管述，丽词堪与雪儿歌。"

⑨内闲：皇家马厩。

按：《旧唐书》卷二十八《志》第八《音乐一》："日旰，即内闲厩引蹀马三十匹，为《倾杯乐曲》，奋首鼓尾，纵横应节。又施三层板床，乘马而上，抃转如飞。"

⑩仪台，也作"义台"，古台名，旧址在今河南省虞城县西南。后泛指举行礼仪的高台。

按：《史记》卷四十四《魏世家》第十四：“〔魏惠王〕六年，伐取宋仪台。”

⑪ 宝所：佛教语，藏珍宝之所，后也用于喻指涅槃，意谓自由无碍的境界。

按：晋鸠摩罗什译《妙法莲华经》卷三《化城喻品》：“若入是城，快得安隐，若能前至宝所，亦可得去。”

⑫ 空，一作“青”。

⑬ 宿直：古代大臣夜间值班，一般由怯薛军来完成。怯薛是成吉思汗所建禁卫军，分别由木华黎、赤老温、博尔忽、博尔术率领，亲族世袭，直接听命于大汗。担任值班宿卫的怯薛人员称怯薛歹，从万户、千户、百户那颜子弟及随从中选拔，分四班轮番宿卫，每番值卫三昼夜，称四怯薛，也称怯薛军。

按：《元史》卷九十九《志》四十七《兵志二·宿卫》：“方太祖时，以木华黎、赤老温、博尔忽、博尔术为四怯薛，领怯薛歹分番宿卫……用之于大朝会，则谓之围宿军；用之于大祭祀，则谓之仪仗军；车驾巡幸用之，则曰扈从军；守护天子之帑藏，则曰看守军；或夜以之警非常，则为巡逻军……四怯薛：太祖功臣博尔忽、博尔术、木华黎、赤老温，时号掇里班曲律，犹言四杰也，太祖命其世领怯薛之长。怯薛者，犹言番直宿卫也。凡宿卫，每三日而一更。申、酉、戌日，博尔忽领之，为第一怯薛，即也可怯薛……亥、子、丑日，博尔术领之，为第二怯薛。寅、卯、辰日，木华黎领之，为第三怯薛。巳、午、未日，赤老温领之，为第四怯薛……若夫宿卫之士，则谓之怯薛歹，亦以三日分番入卫。其初名数甚简，后累增为万四千人。揆之古制，犹天子之禁军。是故无事则各执其事，以备宿卫禁庭；有事则惟天子之所指使。比之枢密各卫诸军，于是为尤亲信者也。”

⑭ 鳌峰：翰林院中所立景观石，代指翰林院。

按：宋魏泰《东轩笔录》卷十一：“是时包孝肃公拯为三司使，宋景文公祁守郑州，二公风力名次最著人望，而不见用……明年，包亦为枢密副使，而宋以翰林学士承旨召。景文道长安，以诗寄梁承相，略曰：‘梁园赋罢相如至，宣室厘残贾谊归。’盖谓差除两府足，方被召也。为承旨又作诗曰：‘粉署重来忆旧游，蟠桃开尽海山秋。宁知不是神仙骨，上到鳌峰更上头。’”

⑮ 起居青简注，即起居注，皇帝的言行录。两汉时由宫内修撰，魏晋以后设官专修；唐宋又于门下省设“起居郎”和“起居舍人”，分工记载皇帝的言与行，

凡朝廷命令赦宥、礼乐法度、赏罚除授、群臣进对、祭祀宴享、临幸引见、四时气候、户口增减、州县废置等事，均按日记载。元代以给事中兼修起居注。

按：《元史》卷十《本纪》第十《世祖七》："癸巳，以给事中兼起居注，掌随朝诸司奏闻事。"

⑯在游牧生产活动中，于冬营盘放牧过冬，称住冬，后泛指过冬。

按：《元史》卷四十《本纪》第四十《顺帝三》："戊辰，滦河住冬怯怜口民饥，每户赈粮一石、钞二十两。"

⑰火城：古代朝会时的火炬仪仗。

按：唐李肇《唐国史补》卷下："每元日、冬至立仗，大官皆备珂伞，列烛有至五六百炬者，谓之'火城'。宰相火城将至，则众少皆扑灭以避之。"

⑱铃，宜稼堂本同元刊本；四库本作"翎"，误。

⑲褒斜，即褒斜道，又名石牛道、金牛道，古代穿越秦岭的山间之路。褒斜道南起褒谷口，北至斜谷口，沿褒、斜二水而行，贯穿褒、斜二谷，因而得名，也称斜谷路。栈道始于战国范雎相秦时，为古代巴蜀通秦川之主干道路。

按：《汉书》卷二十九《沟洫志》第九："其后人有上书，欲通褒斜道及漕，事下御史大夫张汤。"

⑳五陵，在今陕西西安西北，指的是汉朝五位皇帝的陵墓，分别为：西汉开国皇帝汉高祖刘邦的长陵、汉惠帝刘盈的安陵、汉景帝刘启的阳陵、一代雄主汉武帝刘彻的茂陵和汉昭帝刘弗的平陵。汉高祖九年（前198），刘邦接受郎中刘敬的建议，将关东地区的二千石大官、高赀富户以及豪杰并兼之家大量迁徙到关中，侍奉长陵，并在陵园附近修建长陵县邑，供迁徙者居住。后"五陵"也代指豪富聚集之所。

按：《后汉书》卷四十上《班彪列传》第三十上《班固》："若乃观其四郊，浮游近县，则南望杜、霸，北眺五陵，名都对郭，邑居相承，英俊之域，黻冕所兴，冠盖如云，七相五公。"

㉑ 过翼：经过的飞鸟，此处指南归的鸿雁。

按：唐杜甫《夜》二首其二："城郭悲笳暮，村墟过翼稀。甲兵年数久，赋敛夜深归。"

李陵台次韵李彦方应奉

前坡耸颓基，云是望乡台。
往事已历历，乱石何嵬嵬。
想此二子①别，袂结不能开。
河梁白日速，朔风衮沙堆。
汉法重失律，轻生表奇才。
一跌不能返，欷歔壮心摧。
形影胡越分，骨肉参商乖。
万事已瓦解，谁能写余哀。
昂昂司马生②，义色与壮怀。
子卿固伟节，属国③何低徊。
褒功实谫浅，议刑良刻哉。
坐令卫律④辈，岁望边城来。

①二子，指李陵、苏武。

②司马生，指司马迁。

③苏武，字子卿；属国，指典属国，古代朝廷中负责少数民族事务的官员。苏武持节归汉，被任命为典属国。

按：《汉书》卷十九上《百官公卿表》第七上："典属国，秦官，掌蛮夷降者。武帝元狩三年昆邪王降，复增属国，置都尉、丞、候、千人。属官，九译令。成帝河平元年省并大鸿胪。"《汉书》卷七《昭帝纪》第七："移中监苏武前使匈奴，留单于庭十九岁乃还，奉使全节，以武为典属国，赐钱百万。"

④卫律，其父为长水胡人，自幼长于汉，与协律都尉李延年相友善，受延年举荐出使匈奴。延年涉罪，律怕受牵连而降匈奴，为丁灵王，曾参与迫降苏武。

按：《汉书》卷五十四《李广苏建传》第二十四《李陵》："卫律者，父本长水胡人。律生长汉，善协律都尉李延年，延年荐言律使匈奴。使还，会延年家收，律惧并诛，亡还降匈奴。匈奴爱之，常在单于左右。"

次韵李齐卿[1]呈闲闲嗣师

清都逼紫微，瑶光流玉坛。
阴崖太古雪，伏日生午寒。
澄怀集遐思，黑发竹皮冠[2]。
玄关[3]转轻雷，银潢[4]激层澜。
取彼白石词[5]，寄以朱丝弹。
一弹去日短，再弹行路难。
两曜[6]疾飞隼，归云生树端。
远游感夙昔，努力慎风餐。

①李齐卿：西京（辽、金、元时之西京应指今山西大同）人，其生平与作品待考。

②竹皮冠：秦末刘邦以竹皮所作之冠，此处借指戴竹皮冠的乡野之人。

按：《史记》卷八《高祖本纪》第八："高祖为亭长，乃以竹皮为冠，令求盗之薛治之，时时冠之，及贵常冠，所谓'刘氏冠'乃是也。"

③玄关：佛教称入道的法门，后泛指门户。

按：唐白居易《宿竹阁》："巧未能胜拙，忙应不及闲。无劳别修道，即此是玄关。"

④银潢：天河，银河。

按：《旧唐书》卷一百一十六《列传》第六十六《肃宗代宗诸子》："彭王仅等，银潢毓庆，璇萼分辉，忠孝禀于天成，文武称其备用。"

⑤白石，即姜夔，字尧章，号白石道人，饶州鄱阳人，南宋文学家、音乐家，其《白石道人歌曲》六卷，包括他自己的自度曲十七首、古曲及词乐曲调，注有"旁谱"。

按：《宋史》卷一百三十一《志》第八十四《乐六》："姜夔乃进《大乐议》于朝……夔乃自作《圣宋铙歌曲》……凡十有四篇，上于尚书省。书奏，诏付太常。"

⑥曜，宜稼堂本同元刊本；四库本作"跃"，形似而误。

西京李齐卿读所赠吴公诗爱之遂次其韵①

温温紫玉姿，阳休②升觚坛③。
维时夜气肃，璇玑④动芒寒。
辟公⑤阅多士⑥，谓宜锡玄冠。
环水会⑦文海，俾尔扬清澜。
东南有高楼，繁吹和急弹。
我独念子意，希声⑧世知难。
遗情寄寥廓，冥雁⑨渺云端。
去住靡所止，精思勿忘餐。

①诗题，宜稼堂本、四库本同元刊本；《诗渊》作“读所赠吴公诗次韵”。

②阳，一作“扬”，古人认为阳气生养万物。

按：《礼记》卷十三《玉藻》：“戎容暨暨，言容詻詻，色容厉肃，视容清明。立容辨卑，毋谄。头颈必中。山立，时行，盛气颠实扬休，玉色。”

③觚坛：有棱角的祭坛。

按：《宋史》卷一百四十一《志》第九十四《乐十六》：“《六州》：皇抚极，明德贯乾坤……思报贶，明诏祠官，练时搜旷典，紫畤觚坛。”

④璇玑：指北斗或北极星。

按：汉范晔《张衡传》：“遂乃研核阴阳，妙尽璇玑之正。”汉扬雄《甘泉赋》：“攀璇玑而下视兮，行游目乎三危。”

⑤辟公，指诸侯。

按：《诗经·周颂·烈文》：“烈文辟公，锡兹祉福。惠我无疆，子孙保之。无封靡于尔邦，维王其崇之。”

⑥多士，指众多的贤士，也指百官。

按：《尚书》卷十七《多方》：“王曰：‘呜呼，猷告尔有方多士，暨殷多士。

今尔奔走臣我监五祀，越惟有胥伯小大多正，尔罔不克臬。’”

⑦会，宜稼堂本、《诗渊》同元刊本；四库本作“赴”。

⑧希声，即无声，听而不闻的声音，也指玄妙虚幻的言谈。

按：《道德经》第四十一章：“故建言有之：明道若昧，进道若退……大方无隅，大器晚成，大音希声，大象无形。道隐无名，夫唯道，善贷且成。”晋陶潜《癸卯岁十二月中作与从弟敬远》：“倾耳无希声，在目皓已洁。”宋王质《道经》：“希声绝想忘言处，海水墨山书不全。”

⑨雁，宜稼堂本、《诗渊》同元刊本；四库本作“鹰”，形似而误。

伏日

伏日阴阴九月天，云边桂露十分鲜。
侍臣已入清凉境，不到凌虚[①]未是仙。

偷桃曼[②]倩语言尖，伏日归来割肉[③]廉。
那似蓬莱风露冷，重裘端坐绝趋炎。

①凌虚：天际，或高空。

按：三国魏曹植《七启》："华阁缘云，飞陛凌虚，俯眺流星，仰观八隅。"

②曼，宜稼堂本、四库本、元刊本作"蔓"。东方朔，字曼倩。古神话故事中说，西王母种桃，三千年一结子，东方朔曾三次偷食，于是被谪降人间。

按：汉刘向《列仙传》卷下《东方朔》："东方朔者，平原厌次人也。久在吴中，为书师数十年。武帝时，上书说便宜，拜为郎。至昭帝时，时人或谓圣人，或谓凡人。作深浅显默之行，或忠言，或戏语，莫知其旨。至宣帝初，弃郎以避乱世，置帻官舍，风飘之而去。后见于会稽，卖药五湖。智者疑其岁星精也。"

③割肉，即东方朔割肉。

按：《汉书》卷六十五《东方朔传》第三十五："东方朔字曼倩……伏日，诏赐从官肉。大官丞日晏不来，朔独拔剑割肉，谓其同官曰：'伏日当蚤归，请受赐。'即怀肉去。大官奏之。朔入，上曰：'昨赐肉，不待诏，以剑割肉而去之，何也？'……朔再拜曰：'朔来！朔来！受赐不待诏，何无礼也！拔剑割肉，一何壮也！割之不多，又何廉也！归遗细君，又何仁也！'上笑曰：'使先生自责，乃反自誉！'复赐酒一石，肉百斤，归遗细君。"

松林行

阴阴松林八百里，昔日相传①为界址。

玄云卷甲天马来，雪兔霜狐先委靡。

山前犬牙十六州，石郎屈膝轻相投。②

浅沙圆石古辙迹，草青草枯无尽愁。

□□③拂天镇南北，万井燃松烟似墨。

大车□□④龙角全，小车轮困束矛戟。

松花落子□⑤复抽，不如昔日当道稠。

采薪之人不辞□⑥，出郭十里争相酬。

君不闻雪山之西铜柱⑦南，混同鸭绿⑧成东渐。

金山橐驼争贡宝，剪取平林作驰道。

①宜稼堂本、《元诗选》同元刊本；四库本作“传言”；《诗渊》脱“传”作“相”。

②此处所指为石敬瑭割让幽云十六州事。石敬瑭原本是后唐明宗的女婿，在宫中，均称他为石郎，后在契丹耶律德光的支持下做了儿皇帝，屈膝事契丹。

按：《旧五代史》卷七十五《晋书》一《高祖纪一》：“又今年千春节，公主入观，当辞时，谓公主曰：‘尔归心甚急，欲与石郎反耶？’……是夜，帝出北门与戎王相见，戎王执帝手曰：‘恨会面之晚。’因论父子之义……乃命筑坛于晋阳城南，册立为大晋皇帝……帝言于戎王，愿以雁门已北及幽州之地为戎王寿，仍约岁输帛三十万，戎王许之。”宋苏辙《古北口道中呈同事二首·出山》：“石瑭窃位不传子，遗患燕蓟逾百年。”

③宜稼堂本、四库本、《元诗选》同元刊本；《诗渊》作“神京”。

④宜稼堂本、四库本、《元诗选》同元刊本；《诗渊》作“搓头”。

⑤宜稼堂本、《元诗选》同元刊本；四库本作“芽”；《诗渊》作“春”。

⑥宜稼堂本、四库本、《元诗选》同元刊本；《诗渊》作“远”。

⑦铜柱：铜制作的作为边界标志的界桩。东汉交趾女子征侧、征贰姐妹起兵

反汉，汉光武帝刘秀派伏波将军马援率军平定交趾，并在其地立铜柱两根，作为汉朝最南方的边界。

按：《梁书》卷五十四《列传》第四十八《诸夷·海南·林邑》："林邑国者，本汉日南郡象林县，古越裳之界也。伏波将军马援开漢南境，置此县。其地纵广可六百里，城去海百二十里，去日南界四百余里，北接九德郡。其南界，水步道二百余里，有西国夷亦称王，马援植两铜柱表汉界处也。"

⑧鸭绿，即鸭绿江。鸭绿江发源于吉林省长白山南麓，流经吉林、辽宁二省，流入黄海北部的西朝鲜湾。鸭绿江古称浿水，汉时称马訾水，唐朝始称鸭绿江。

按：《宋史》卷四百八十七《列传》第二百四十六《外国三·高丽》："询又于鸭绿江东筑城，与来远城相望，跨江为桥，潜兵以固新城。"

采摩姑[1]

官山[2]摩姑天下无，迸石菌蠢攒宝珠。
阿香[3]执御云中驱，天瓢[4]急注争葩蔓[5]。
玉京高门散金铺，剩欲点缀完无肤。
万钉宝带山泽癯，圆如佛螺[6]缀头颅，累如秬黍[7]连二稃。
膻根[8]未许相模糊，斞泉石鼎鸣笙竽。
急投小烹养甘腴，上池[9]三咽生醍醐。
五芝[10]高著神农书，吾欲比之议匪迂。
天花[11]代北严贡输[12]，永言定论兄弟俱。

①摩姑，即蘑菇。见《上京杂咏》“摩姑”条注。

②官山：靠近居庸关北口，即今北京市延庆区永宁城西北十五里处，原名牧牛山，今名独山。

按：《金史》卷二十四《志》第五《地理》上《西京路》：“辽德州昭圣军宣德县，大定八年更名。有官山、弥陀山、石绿山，产碾玉砂。”清顾祖禹《读史方舆纪要》卷四十四《大同府·东胜城》：“中有赤儿山，东西坦平，二百余里，其外连亘官山，实外寇出没必经之地。”

③阿香：神话传说中推雷车的女神。

按：晋陶潜《搜神后记》卷五：“永和中，义兴人姓周，出都，乘马，从两人行。未至村，日暮。道边有一新草小屋，一女子出门，年可十六七，姿容端正，衣服鲜洁。望见周过，谓曰：‘日已向暮，前村尚远，临贺讵得至？’周便求寄宿。此女为燃火作食。向一更中，闻外有小儿唤阿香声，女应诺。寻云：‘官唤汝推雷车。’女乃辞行，云：‘今有事，当去。’夜遂大雷雨，向晓，女还。”

④天瓢：神话传说中天神行雨用的瓢。

按：宋苏轼《二十六日五更起行至磻溪，天未明》：“至人旧隐白云合，神物已化遗踪蜿。安得梦随霹雳驾，马上倾倒天瓢翻？”

⑤蘁，一作“荂”，同“华”，盛开的花卉，也用于形容华美装饰。

按：元柳贯《三月十日观南安赵使君所藏书画古器物》：“绮园甪夏四神坐，刻字寸许无葩荂。永平元舅纪功颂，燕然何在拓墨乌。”

⑥相传释迦牟尼佛的头发旋屈为螺纹状，故以“佛螺”比喻盘旋冒出的蘑菇。

按：唐司空图《题山赋》：“鼚鳌鼻而嘘空兮，涌佛螺而旁络。阜交跖于艮隅兮，俯川塍而鱗错。”

⑦秬黍，又称黑黍，是黍的一种。中国古代的度量衡以黍的种子为基准单位。

按：《汉书》卷二十一上《律历志》上：“度者，分、寸、尺、丈、引也，所以度长短也。本起黄钟之长。以子谷秬黍中者，一黍之广，度之九十分，黄钟之长。一为一分，十分为寸，十寸为尺，十尺为丈，十丈为引，而五度审矣。”

⑧膻根：羊及羊肉的别称。

按：宋惠洪《冷斋夜话》卷二《僧赋蒸豚诗》：“王中令既平蜀，捕逐余寇，与部队相远，饥甚，入一村寺中，主僧醉甚……馈之以蒸猪头，食之甚美，公喜，问僧：‘止能饮酒食肉耶，为有他技也？’僧自言能为诗，公令赋食蒸豚诗，操笔立成，曰：‘嘴长毛短浅含膘，久向山中食药苗。蒸处已将蕉叶裹，熟时兼用杏浆浇。红鲜雅称金盘荐，软熟真堪玉筯挑。若把膻根来比并，膻根只合吃藤条。’公大喜，与‘紫衣师’号。”

⑨上池，即上池水，指凌空承取或取之于竹木上的雨露，后用以称谓佳水。

按：《史记》卷一百五《扁鹊仓公列传》第四十五：“乃出其怀中药予扁鹊：‘饮是以上池之水，三十日当知物矣。’”

⑩五芝：五种灵芝。

按：《后汉书》卷二十八下《冯衍传》第十八下《冯衍》：“高吾冠之岌岌兮，长吾佩之洋洋；饮六醴之清液兮，食五芝之茂英。”

⑪天花：也作“天华”，佛教语，指天界仙花。

按：晋鸠摩罗什译《维摩诘所说经卷》中卷《观众生品》：“时维摩诘室有一天女，见诸大人闻所说法，便现其身，即以天华散诸菩萨、大弟子上。华至诸菩萨即皆堕落，至大弟子便着不堕。”

⑫贡输：谓进贡、输送地方特产等物品。

尚尊赐张上卿①薛玄卿赋诗次韵

龟眸鹤骨炼纯阳②，言合灵蓍行有常。
黼坐近瞻尧日月，属车远度汉封疆。
英云玉佩开仙府，湛露琼卮出尚方。
可怪相如多病渴③，愿分金掌接恩光。

①张留孙（1248—1321），元代道教代表人物，创立了道教的分支流派玄教，朝廷赐其号为玄教宗师，授道教都提点，管领江北淮东淮西荆襄道教事，佩银印。此后这一流派历成宗、武宗、仁宗等朝，宠遇不衰。

按：《元史》卷二百二《列传》第八十九《释老·张留孙》："张留孙者，字师汉，信州贵溪人。少时入龙虎山为道士，有道人相之曰……建崇真宫于两京，俾留孙居之，专掌祠事。十五年，授玄教宗师，锡银印……及仁宗即位……加号辅成赞化保运玄教大宗师，刻玉为玄教大宗师印以赐。"

②纯阳，纯一的阳气，古代人认为是阴、阳二气合成宇宙万物。在对阴、阳的定义中，称火为纯阳，水为纯阴。

按：《周易》卷一《乾》："元、亨、利、贞。唐孔颖达疏：言此卦之德，有纯阳之性。"汉蔡邕《月令章句》："天有纯阳积刚，运转无穷。"

③病渴，即相如有消渴之疾，并借此闲居，比喻不慕权势。

按：《史记》卷一百一十七《司马相如列传》第五十七："相如口吃而善著书。常有消渴疾。与卓氏婚，饶于财。其进仕宦，未尝肯与公卿国家之事，称病闲居，不慕官爵。"唐杜甫《过南岳入洞庭湖》："病渴身何去，春生力更无。"

再次韵

居庸晓次日初阳，肃肃龙旗出奉常①。
兽殿频趋恩有秩，鹊炉②深祝寿无疆。
冰壶酒滑通真一③，云阁香清接上方。
静夜屡陪谈麈乐，灯摇寒烬目摇光。

①奉常：秦代的九卿之一。

按：《汉书》卷十九上《百官公卿表》第七上："奉常，秦官，掌宗庙礼仪，有丞。景帝中六年更名太常。属官有太乐、太祝、太宰、太史、太卜、太医六令丞。又均官、都水两长丞，又诸庙寝园食官令长丞，有雍太宰、太祝令丞，五畤各一尉。"

②鹊炉，即鹊尾炉，一种长柄香炉，泛指香炉。

按：唐释道世《法苑珠林》卷二十四《说德篇》第十六《利益部》第九《感应缘》："宋费崇先者，吴兴人也。少颇信法。至三十际，精勤弥笃。至泰始三年，受菩萨戒……每听经，常以鹊尾香炉置膝前。"宋姚述尧《念奴娇·瑞香》："隐隐朝阳歌宴罢，拥出三千宫女。醉面匀红，香囊暗惹，鹊尾烟频炷。"宋晏殊《嬫人娇》："凤筦移宫，钿衫回袂。帘影动，鹊炉香细。"

③真一，道教名词，本指保持本性，自然无为，后多用以指养生的方法。

按：《鬼谷子》卷下《本经阴符七篇》："故信心术，守真一而不化，待人意虑之交会，听之候之也。"晋葛洪《抱朴子内篇·地真卷十八》："故审威德所以保社稷，割嗜欲所以固血气。然后真一存焉，三七守焉，百害却焉，年命延矣。"

复成二篇

羞逐群芳度艳阳，丰神弘景笔元常①。
气雄转旆攻秦壁②，色正登坛复鲁疆③。
易玩天皇游太古，书看王会④补殊方。
平生物论深泾渭，宝鉴悬空背透光。

孤凤清声出峄阳⑤，冲天采羽越寻常。
清心侍帝⑥真医国，束发从师屡出疆。
明月乘鸾通碧落，空江瘗鹤⑦忆朱方⑧。
诗囊⑨取次倾珠琲，一一清圆敌夜光。

①常，一作“畅”。

②秦壁：战国时秦军筑的防御工事，唐代时称为秦长垒。

按：《史记》卷七十三《白起王翦列传》第十三：“赵军逐胜，追造秦壁。壁坚拒不得入，而秦奇兵二万五千人绝赵军后，又一军五千骑绝赵壁间，赵军分而为二，粮道绝。”

③春秋时，鲁庄公与齐桓公会盟。鲁庄公的大将曹沫用匕首挟持齐桓公，迫使齐桓公归还鲁国土地。

按：《史记》卷八十六《刺客列传》第二十六：“曹沫者，鲁人也……曹沫为鲁将，与齐战，三败北。鲁庄公惧，乃献遂邑之地以和。犹复以为将。齐桓公许与鲁会于柯而盟。桓公与庄公既盟于坛上，曹沫执匕首劫齐桓公，桓公左右莫敢动……桓公乃许尽归鲁之侵地。既已言，曹沫投其匕首，下坛，北面就群臣之位，颜色不变，辞令如故……于是桓公乃遂割鲁侵地，曹沫三战所亡地尽复予鲁。”

④王会：古时诸侯、四夷或藩属朝贡天子的聚会，呈现出王室的典雅风范。

此处用以类比元代诸王每年到上都朝会的盛况。

按：汉佚名撰《逸周书》卷七《王会解》："成周之会，墠上张赤帟阴羽。天子南面立，絻无繁露，朝服，八十物，搢珽。唐叔、荀叔、周公在左，太公望在右，皆絻，亦无繁露，朝服，七十物，搢笏，旁天子而立于堂上。"

⑤峄阳，即峄阳孤桐，为制琴的上佳原料，代指精美的琴。

按：《尚书》卷六《夏书·禹贡》："厥贡惟土五色，羽畎夏翟，峄阳孤桐，泗滨浮磬，淮夷蠙珠暨鱼。"唐李白《琴赞》："峄阳孤桐，石耸天骨。根老冰泉，叶苦霜月。斫为绿绮，徽声粲发。秋风入松，万古奇绝。"

⑥侍帝，宜稼堂本同元刊本；四库本作"常侍"。

⑦瘗鹤：著名的摩崖石刻，位于今江苏省镇江市焦山崖石上。其时代和书者众说纷纭，但均无确凿证据，其一据传为华阳真逸撰，上皇山樵书，目前所存仅九十余字。

按：华阳真逸撰《瘗鹤铭并序》："鹤寿不知其纪也，壬辰岁得于华亭，甲午岁化于朱方。天其未遂，吾翔寥廓耶？奚夺余仙鹤之遽也……宜直示之，惟将进宁，爰集真侣，瘗尔作铭。"

⑧朱方：春秋时吴地名，治所在今江苏省丹徒区东南，也泛指南方。

按：《左传·昭公四年》："秋七月，楚子以诸侯伐吴……使屈申围朱方，八月甲申，克之，执齐庆封而尽灭其族。"《史记》卷三十一《吴太伯世家》第一："王余祭三年，齐相庆封有罪，自齐来犇吴。吴予庆封朱方之县，以为奉邑，以女妻之，富于在齐。"

⑨诗囊：存放诗稿的袋子。

按：唐李商隐《李长吉小传》："恒从小奚奴，骑距驴，背一古破锦囊，遇有所得，即书投囊中。"宋陆游《病中偶得名酒小醉作此篇是夕极寒》："诗囊羞涩悲才尽，药裹纵横觉病增。"

西京任庭瑞①乐善斋

大钧妙无心，变化各有职。
元阳②执枢纽，群动遂生息。
达人洞显幽，语默绝窥测。
尸居③碧窗晓，观万养真寂。
春葩阳林秀，众采纷薿薿。
上有黄鹂鸣，下有游鹿迹。
嗒然遗世情④，至道在几席。
芝眉⑤紫纶巾，举酒起玉色。
桐孙⑥护清风，竹母⑦引白石。
素心绝荣侈，天爵⑧敻有得。
敦厖⑨古遗民，过里车已式⑩。
愿言表其闾⑪，庶以昭帝则。

①任庭瑞，西京（辽、金、元时之西京，指今山西大同）人，其生平事迹待考。

②元阳：中医所指的人体阳气的根本。

按：宋范成大《问天医赋》："元阳之气，可斤可两。人受其中，有瘠有臞。"

③尸居：安居而无为。

按：《庄子·外篇·天运》："子贡曰：'然则人固有尸居而龙见，渊默而雷声，发动如天地者乎？赐亦可得而观乎？'"

④情，四库本同元刊本；宜稼堂本作"清"，误。

⑤芝眉：眉宇有芝采。古人认为这属于富贵之相，也用于称颂人的容颜。

按：《新唐书》卷一百九十四《列传》第一百一十九《卓行·元德秀》："房琯每见德秀，叹息曰：'见紫芝眉宇，使人名利之心都尽。'"

⑥桐孙：桐树新生的小枝，此处借指琴。

按：北周庾信《咏树》："枫子留为式，桐孙待作琴。"宋苏轼《次韵和王巩》："君看驺忌子，廉折配春温。知音必无人，坏壁挂桐孙。"

⑦母，元刊本作"毋"，形似而误。竹母，带有笋芽的竹鞭，指老竹。

按：宋赞宁《笋谱》："今吴会间，八月，乡人往往掘土采鞭头为笋，向市而鬻。然终伤损春笋而且害竹母。凡百谷，各以其初生为春，熟为秋。若笋，以鞭行时分，芽露白月为春。始，生也。"

⑧天爵：天然的爵位，指因高尚的道德修养而受人尊敬，胜于高官显爵。

按：《孟子》卷第十一下《告子章句上》："孟子曰：'有天爵者，有人爵者。仁义忠信，乐善不倦，此天爵也；公卿大夫，此人爵也……'"唐白居易《池上即事》："身闲当贵真天爵，官散无忧即地仙。"

⑨敦庬：富足。

按：《左传·成公十六年》："是以神降之福，时无灾害，民生敦庬，和同以听，莫不尽力以从上命，致死以补其阙。"

⑩车已式，即"改容式车"，指手扶车轼而面有动容，指有所感动，或表尊敬。

按：《史记》卷五十七《绛侯周勃世家》第二十七："至营，将军亚夫持兵揖曰：'介胄之士不拜，请以军礼见。'天子为动，改容式车。使人称谢：'皇帝敬劳将军。'成礼而去。"

⑪表其闾，即旌表闾里，以彰显功德。

按：《史记》卷三《殷本纪》第三："周武王遂斩纣头，县之白旗。杀妲己。释箕子之囚，封比干之墓，表商容之闾。"

白云闲斋

武当灵峰通廓寥，下有白云护山腰。
朝入寝扉结翠被，暮宿丹井[①]腾金瓢。
神君握机不盈寸，顷刻倒影旌幢飘。
道人夙昔惯所见，更上岧峣抉斗杓[②]。

①丹井：炼丹取水用的井。

按：晋王嘉《拾遗记》："傍有丹石井，非人所凿。……续人发以为绳，汲丹井之水，久久方得升之水。"南朝梁江淹《杂体诗三十首》之二十三《谢临川灵运游仙》："乳窦既滴沥，丹井复寥泬。岩崿转奇秀，岑崟还相蔽。"

②此句意为登上至高处超然于世外。岧峣，比喻山高峻的样子。斗杓，即斗柄，原意是指北斗七星中玉衡、开阳、摇光三星，后引申为令人敬仰的人，或至高处。

按：三国魏曹植《九愁赋》："践蹊隧之危阻，登岧峣之高岑。"宋王安石《作翰林时》："欲知四海春多少，先向天边问斗杓。"

送金华王生[1]

不到金华洞[2]，于今二纪[3]余。
偶逢骑鹤客，为觅牧羊书。
芸芨[4]秋消蠹，萱堂[5]暮馔鱼。
江湖易衰感，暂且问樵渔。

①王生，其人生平事迹待考。

②金华洞，道书所称三十六洞天之一，在浙江省金华市北金华山下。

按：宋张君房《云笈七签》卷二十七《洞天福地·天地宫府图·三十六小洞天》："第三十六金华山洞，周回五十里，名曰金华洞元天，在婺州金华县，属戴真人治之。"

③二纪：纪年方式，一纪十二年。

按：晋谢灵运《永初三年七月十六日之郡初发都》："从来渐二纪，始得傍归路。"唐李商隐《马嵬》二首其二："此日六军同驻马，当时七夕笑牵牛。如何四纪为天子，不及卢家有莫愁。"

④芨，宜稼堂本同元刊本；四库本作"笈"，形似而误。芸、芨，皆草名。

⑤萱堂：古代北堂为主妇之居室，因而常用于指代母亲的居室，也借指母亲。

按：《诗经·国风·卫风·伯兮》："焉得谖草，言树之背。愿言思伯，使我心痗。"唐聂夷中《游子行》："萱草生堂阶，游子行天涯。慈亲倚门望，不见萱草花。"宋叶梦得《再任后遣模归按视石林》四首其二："白发萱堂上，孩儿更共怀。"

建昌李生[①]城南别墅

云树黑微茫，依稀见竹房。
山空辽鹤化[②]，市近海鸥藏。
逸兴王官谷[③]，幽禅华子冈[④]。
展图尘眼眯，剩欲濯沧浪[⑤]。

①建昌，位于江西东部，元世祖至元十四年（1277），改建昌军为建昌路。李生，生平事迹待考。

按：《元史》卷六十二《志》第十四《地理五·建昌路》："建昌路，下。本南城县，属抚州。南唐升建武军。宋升建昌军。元至元十四年，改建昌路总管府。"

②辽鹤化，指辽东人丁令威乘鹤化升事。

按：晋陶潜《搜神后记》卷一："丁令威，本辽东人，学道于灵虚山。后化鹤归辽，集城门华表柱。"

③王官谷位于永济市以东四十余里的中条山麓，谷内有天柱峰、东西瀑布、贻溪清流、奇峰珠帘、明镜映天、百二盘山、休休亭、三诏堂等风景名胜，唐代司空图曾在此隐居。

按：《旧唐书》卷一百九十下《列传》第一百四十下《文苑》下《司空图》："图有先人别墅在中条山之王官谷，泉石林亭，颇称幽栖之趣。自考槃高卧，日与名僧高士游咏其中。"

④华子冈，辋川十二景之一，王维、裴迪均有以此为题的诗歌。

按：《新唐书》卷二百二《列传》第一百二十七《文艺》中《王维》："王维字摩诘……别墅在辋川，地奇胜，有华子冈、欹湖、竹里馆、柳浪、茱萸沜、辛夷坞，与裴迪游其中，赋诗相酬为乐。"

⑤濯沧浪，即濯足沧浪，比喻清除世尘影响，保持高洁。

按：《孟子》卷七上《离娄章句》上："有孺子歌曰：'沧浪之水清兮，可以濯我缨；沧浪之水浊兮，可以濯我足。"

开平第三集　辛酉

开平第三集　辛酉[1]

至治元年（1321）二月庚戌，至京城。壬子，入礼闱，考进士。三月甲戌朔，入集贤院供职。四月甲子，扈跸开平。与东平王继学待制、陈景仁都事同行，不任鞍马，八日始达。留开平一百有五日，继学同邸。八月甲寅还大都，得诗凡六十二首。道涂良劳，心思雕落，姑录以记出处耳。是岁八月，袁桷序。

①元至治元年，1321年。

次韵继学途中竹枝词[1]

居庸夹山僧屋多，凿石化作金弥陀[2]。
但看[3]行车度流水，不见举拂谈悬河[4]。

红袍旋风漾金泥，车前把酒长跪齐。
忽听琵琶相思曲，迎郎北来背面啼。

毡房锦幄[5]花簇匀，酥凝叠饼生玉尘。
晚传宫壶[6]檀板急，酒转一巡先吐茵[7]。

土屋苫草[8]成屠苏[9]，前床翁媪后小姑。
我郎南来得小妇，芦笛声声吹鹧鸪[10]。

云州山如五朵云，老松积铁霾青春。
遂令古雪不肯化，万杵千炉煎贡银。[11]

山后天寒不识花，家家高晒芍药[12]芽。
南客初来未谙俗，下马入门犹索茶。

寒风卷蓬沙转黄，驻马问路路转长。
红衣簇簇入新市，指点垆头[13]称上方[14]。

朔云荡荡愁烛龙[15]，土房拥被睡高春。
披衣上马过前驿，清霜急雪时相逢。

瀛洲往岁侍宸居，一度还家一度疏。[16]
近行开平十二驿[17]，眼望南雁传乡书。

阊阖云低接紫宫，水精凉殿起薰风。
侍臣一曲无怀[18]操，能使八方歌会同。

①竹枝词，也作“竹枝辞”，是一种诗体，由古巴蜀民歌演变而来，其特点是“志土风而详习尚”。唐代刘禹锡被贬朗州司马、任夔州刺史期间，借助这种民歌进行创作，使其变成文人的诗体，并产生了巨大影响。竹枝词作品大致可分三类：整理流传下来的民间歌谣，文人融合竹枝词特点创作的具有浓郁民间色彩的诗歌，借竹枝词独立创作的七言绝句。

按：《新唐书》卷一百六十八《列传》第九十三《刘禹锡》：“刘禹锡，字梦得……斥朗州司马。州接夜郎诸夷，风俗陋甚，家喜巫鬼，每祠，歌《竹枝》，鼓吹裴回，其声伧伫。禹锡谓屈原居沅、湘间作《九歌》，使楚人以迎送神，乃倚其声，作《竹枝辞》十余篇。于是武陵夷俚悉歌之。”

②弥陀：佛教语，即阿弥陀佛，意译为无量寿佛，佛教传说中西方极乐世界的教化之主，与释迦、药师并称三尊。

按：北朝卢思道《辽阳山寺愿文》：“齐兴二十有三载……愿西遇弥陀，上征兜率，雄视三界，高临四衢。百年之神，俯轻群后；一音所导，远同佛日。”

③看，宜稼堂本同元刊本；四库本作“有”。

④悬河：滔滔不绝地讲述佛法。

按：南朝陈徐陵《东阳双林寺傅大士碑》：“大士小学之年，不游黉舍，大成之德，自通坟典，安禅合掌，说偈论经，滴海未尽其书，悬河不穷其义。”

⑤锦幄：锦制的帷幄，也泛指华美的帐幕。

按：唐温庭筠《题翠微寺二十二韵（太宗升遐之所）》：“岚湿金铺外，溪鸣锦幄傍。倚丝忧汉祖，持璧告秦皇。”

⑥宫壶，即宫漏，古时用于计时的器具。

按：宋杨缵《一枝春·除夕》：“宫壶未晓，早娇马、绣车盈路。还又把、月夜花朝，自今细数。”

⑦吐茵：酒后失误，犯过失。

按：《汉书》卷七十四《魏相丙吉传》第四十四《丙吉》：“丙吉字少卿，鲁国人也……吉为人深厚，不伐善……吉驭吏嗜酒，数逋荡，尝从吉出，醉呕丞相车上。西曹主吏白欲斥之，吉曰：‘以醉饱之失去士，使此人将复何所容？西曹地忍之，此不过污丞相车茵耳。’”

⑧苫草：毛秆野古草的别称，又称选茅草、红眼巴、红眼疤、回草、鸡子杆、麦穗草、毛野古草、沙格苏日干那、苫房草、野谷草、野罐草、野黍子、硬骨草等，禾本科多年生植物，根茎较粗壮，幼嫩植株可作饲料；根茎密集，可用于固堤，也可作造纸原料。

按：《晋书》卷一百《列传》第七十《苏峻》：“裸剥士女，皆以坏席苫草自鄣，无草者坐地以土自覆，哀号之声震动内外。”

⑨屠苏，也作“屠酥”，一种阔叶草。南方民间风俗，有的房屋上画屠苏草作装饰，这种房屋被称屠苏，也借指房屋。

按：《宋书》卷九十五《列传》第五十五《索虏》：“焘所住屠苏为疾雷击，屠苏倒，见压殆死，左右皆号泣，晋王不悲，焘怒赐死。”宋王安石《元日》：“爆竹声中一岁除，春风送暖入屠苏。”

⑩鹧鸪：唐教坊曲名，即《鹧鸪词》，又称《山鹧鸪》，后发展为词牌名，也称“瑞鹧鸪”。

按：唐白居易《和梦游春诗一百韵》：“饮过君子争，令甚将军酷。酩酊歌《鹧鸪》，颠狂舞《鸲鹆》。”

⑪云州产银，元代曾设有专门机构管理，诗歌描绘的是伐松炼银的情形。

按：《元史》卷二十三《本纪》第二十三《武宗二》：“尚书省臣言：‘别都鲁思云云州、潮河等处产银，令往试之，得银六百五十两。’”《元史》卷十八《本纪》第十八《成宗一》：“立云州银场都提举司，秩四品。”

⑫芍药：多年生草本植物。一般在五月开花，花朵大而美，有紫红、粉红、白等多种颜色。根可入药。元上都附近多产芍药，当地人常采摘并阴干制成芍药花茶。

按：《诗经·国风·郑风·溱洧》："维士与女，伊其相谑，赠之以芍药。"唐白居易《牡丹芳》："石竹金钱何细碎，芙蓉芍药苦寻常。"

⑬垆头：原指酒店中安放酒缸的土台，古人常借以指酒肆。

按：唐李白《送别》："斗酒渭城边，垆头醉不眠。"唐岑参《送怀州吴别驾》："灞上柳枝黄，垆头酒正香。"

⑭上方，同"尚方"，汉代官署名，主管制造、储藏、供应帝王及皇宫中所用刀剑、衣食及日用玩好器物。此处指宫廷中主管膳食、方药的官署。

按：《汉书》卷九十三《佞幸传》第六十三《董贤》："诏将作大匠为贤起大第北阙下……下至贤家僮仆皆受上赐，及武库禁兵，上方珍宝。其选物上弟尽在董氏，而乘舆所服乃其副也。"

⑮烛龙：中国古代神话中的钟山之神。

按：《山海经》卷十七《大荒北经》："西北海之外，赤水之北，有章尾山。有神，人面蛇身而赤，身长千里，直目正乘，其瞑乃晦，其视乃明，不食，不寝，不息，风雨是谒。是烛九阴，是谓烛龙。"

⑯袁桷多次因秩满、丁忧等事，往返于故乡、大都之间：大德六年（1302）赴大都，至大二年（1309）秩满归家，黄庆元年获任命返回大都，延祐七年（1320）归故里，次年即至治元年（1321）再回到大都。

⑰十二驿：取整数，上都至大都的驿路一千余里，从大都健德门、昌平至滦河共二十余驿站。其间多有增减，如中统三年（1262）整顿"开平站路"，共设十处驿站，后又增设龙门站等。

按：元熊梦祥《析津志辑佚·天下站名》："昌平、榆林、洪赞、雕窝、赤城、独石、牛群头、明安、李陵台、桓州。"

⑱无怀，即无怀氏，传说中的上古帝王。

按：《汉书》卷二十五上《郊祀志》第五上："管仲曰：'古者封泰山禅梁父者七十二家，而夷吾所记者十有二焉。昔无怀氏封泰山，禅云云；虚羲封泰山，禅云云……周成王封泰山，禅于社首；皆受命然后得封禅。'"晋陶潜《五柳先生传》："衔觞赋诗，以乐其志。无怀氏之民欤？葛天氏之民欤？"

四月二十六日晓霜

远坡残月露零零，晓压椒花玉作屏。
他年若向[①]南州说，疑是邹生[②]逞[③]怪灵。

①向，宜稼堂本同元刊本，皆为“向”；四库本作“问”，似误。

②邹生，指邹衍。相传邹衍精于音律，吹律能使大地由寒转暖、禾黍开始萌芽。

按：《列子·汤问》：“微矣，子之弹也！虽师旷之清角，邹衍之吹律，亡以加之。”唐李白《邹衍谷》：“邹子一吹律，能回天地心。”唐韦应物《送云阳邹儒立少府侍奉还京师》：“邹生乃后来，英俊亦罕伦。”

③逞，一作“呈”。

戏题桦皮

褐裳新脱玉层层，红叶朱蕉谢不能。
拟①制小冠②韬③短发，意行云水一枝藤。

①拟，宜稼堂本同元刊本；四库本作“似”，形似而误。

②小冠，也称束髻冠，束在头顶的小冠，多为皮制，形状如手。初为燕居时戴，后通用于朝礼宾客。

按：《汉书》卷二十七下之上《五行志》第七下之上：“郑通里男子王褒，衣绛衣小冠，带剑入北司马门殿东门。”

③韬：隐藏。

按：唐杜甫《感怀诗一首》：“韬舌辱壮心，叫阍无助声。”

望云州

望云州里松花白，金阁山[1]前木叶丹。
驻马摇鞭游不到，还家写作画图看。

①金阁山，位于河北省张家口市赤城县城北，早年有金阁仙人于此修炼，故名“金阁山”，因古代山中有道观，又称“观山”。道家总领、全真道七真之一、大宗师丘处机曾在金阁山修炼与传道，丘处机的弟子祁志诚也曾于此修道。金阁山后来成为北方道家的重要修炼之所。

按：《大明一统志》卷五《京师·万全都指挥使司·山川》：“金阁山，在云州堡西南一十五里。元于此建崇真观、长春洞，前有游仙峪。”元李志常《长春真人西游记》卷上：“八月初，〔真人〕应宣德州元帅移剌公请，遂居朝元观……朝元观据州之乾隅，功德主元帅移剌公因师欲北行，创构堂殿，奉安尊像，前后云房洞室，皆一新之。”《元史》卷二百二十《列传》第八十九《释老·祁志诚》：“处机之四传有曰〔祁〕志诚者，居云州金阁山，道誉甚著。丞相安童尝过而问之，志诚告以修身治世之要。安童感其言，故其相世祖也，以清静忠厚为主。及罢还第，退然若无与于世者，人以为有得于志诚之言。”

次韵薛玄卿南还题驿二首

思君叶①落见参旗②，碧眼微醺倍陆离。
北上开平复南去，却如返棹剡溪③时。

碧窗云冷思萋萋④，晓榻⑤《黄庭》⑥眼未迷。
宜向山阴道中⑦住，听风听雨听猿啼。

①宜稼堂本、元刊本作“月”。

②参旗：星名，属毕宿，共九星，在参星西，又名天旗、天弓。古代有参旗星官。

按：《晋书》卷十一《志》第一《天文上·星官在二十八宿之外》：“参旗九星在参西，一曰天旗，一曰天弓，主司弓弩之张，候变御难。玉井四星，在参左足下，主水浆以给厨，西南九星曰九游，天子之旗也。”

③南朝宋刘义庆《世说新语》卷下《任诞》第二十三：“王子猷居山阴，夜大雪，眠觉，开室命酌酒，四望皎然。因起彷徨，咏左思《招隐诗》，忽忆戴安道。时戴在剡，即便夜乘小舟就之。经宿方至，造门不前而返。人问其故，王曰：‘吾本乘兴而行，兴尽而返，何必见戴？’”

④萋萋，宜稼堂本同元刊本；四库本作“凄凄”，亦通。

⑤榻，宜稼堂本同元刊本；四库本作“拓”，形似而误。

⑥黄庭，即《黄庭经》，又名《老子黄庭经》。

按：唐李白《送贺宾客归越》：“山阴道士如相见，应写黄庭换白鹅。”宋苏轼《留题仙都观》：“飞符御气朝百灵，悟道不复诵黄庭。”

⑦山阴，指山阴县，今绍兴市。

按：南朝宋刘义庆《世说新语》卷上《言语》第二：“王子敬云：‘从山阴道上行，山川自相映发，使人应接不暇。若秋冬之际，尤难为怀。’”

次韵答陈明复[①]

汉殿高悬五丈旗，羽人[②]朝奏佩江离。
绿章[③]已彻蒲团坐，正是金门[④]月上时。

碧云深处草萋萋，谁道桃源路已迷。
昨夜紫霄峰顶坐，天鸡[⑤]子夜独[⑥]先啼。

①陈明复，应为龙虎山道士陈日新，字又新，道号崇玄冲道明复真人。元虞集有诗《答陈明复》，当为同一人，其作品未见流传。

按：元虞集《陈真人道行碑》："善为老子之学者，泊然而通，介然而容。烛乎几而不作于用，适乎变而不阿其从。至自外者，漠焉不为之动；存乎中者，渊然不见其穷。冲冲乎，充充乎，执之则无方，建之则有宗者，吾得其人焉，崇玄冲道明复真人陈公先生也。公弱不好弄，静居若思，兄弟三人，既丧父，伯氏以儒显，仲氏能治家以为养。其母蔡夫人知公志，使从师龙虎山。玩心希夷，为学日约，人莫测其所志，而其所造亦莫自知也。"元李存《饯陈又新真人赴京序》："至正二年冬十月，龙虎山中明复真人陈公，以其师之领祠官于京师也，而已尝佐之，特往省焉。"

②羽人，中国神话中有飞仙，道家学仙，因此将道士称为羽人。

按：《楚辞·远游》："闻至贵而遂徂兮，忽乎吾将行。仍羽人于丹丘兮，留不死之旧乡。"晋王嘉《拾遗记》卷一《唐尧》："名曰贯月查，亦谓挂星查。羽人栖息其上。"唐李中《竹》："闲约羽人同赏处，安排棋局就清凉。"

③绿章，即青词、青辞，也称"绿素"，指道教斋醮时所写的奏章表文，因用朱笔写在青藤纸上而得名。

按：唐李肇《翰林志》："凡太清宫道观荐告词文，用青藤纸、朱字，谓之青词。"宋陆游《花时遍游诸家园》："绿章夜奏通明殿，乞借春阴护海棠。"

④金门，即金马门，简称金门。详见前《再次韵答李彦方应奉》"金马"条

注。汉代宫门名，学士待诏之处。

按：汉扬雄《解嘲》：“今吾子幸得遭明盛之世，处不讳之朝，与群贤同行，历金门，上玉堂有日矣！”唐刘禹锡《为郎分司寄上都同舍》：“籍通金马门，身在铜驼陌。”宋欧阳修《会老堂口占》：“金马玉堂三学士，清风明月两闲人。”

⑤天鸡：神话传说中天上的鸡，每当日出引天下鸡鸣。

按：南朝梁任昉《述异记》卷下：“东南有桃都山，上有大树，名曰‘桃都’，枝相去三千里。上有天鸡，日初出，照此木，天鸡则鸣，天下鸡皆随之鸣。”唐李白《梦游天姥吟留别》：“半壁见海日，空中闻天鸡。”唐刘禹锡《洞庭秋月行》：“天鸡相呼曙霞出，敛影含光让朝日。”

⑥独，宜稼堂本同元刊本；四库本作“鸟”，误。

再次韵

行殿风高十二旗，碧云深处紫流离。
相如献赋[①]谁能继，有客瀛洲[②]独立时。

烟笼沙碛冻云萋，锦簇椒花五色迷。
不是朝天骑马倦，寒鸡自怯晓钟啼。

①汉司马相如因汉武帝读《子虚赋》而发迹，后来便用“献赋”指作赋献给皇帝，用以颂扬或讽谏。

按：《史记》卷一百一十七《司马相如列传》第五十七：“上读《子虚赋》而善之，曰：‘朕独不得与此人同时哉！’得意曰：‘臣邑人司马相如自言为此赋。’上惊，乃召问相如。相如曰：‘有是。然此乃诸侯之事，未足观也。请为天子游猎赋，赋成奏之。’……其卒章归之于节俭，因以风谏。奏之天子，天子大悦。”汉刘歆《西京杂记》卷三：“相如将献赋，未知所为。梦一黄衣翁谓之曰：‘可为《大人赋》。’遂作《大人赋》，言神仙之事，以献之，赐锦四匹。”唐钱起《秋馆言怀》：“蹉跎献赋客，叹息此良时。”

②瀛洲，亦作“瀛州”，传说中的仙山。

按：《史记》卷二十八《封禅书》第六：“其北治大池，渐台高二十余丈，命曰太液池，中有蓬莱、方丈、瀛洲、壶梁，象海中神山龟鱼之属。”唐李白《梦游天姥吟留别》：“海客谈瀛洲，烟涛微茫信难求。”唐白居易《效陶潜体诗》十六首其十一：“烟云隔玄圃，风波限瀛洲。”唐刘禹锡《早秋集贤院即事》：“幸依群玉府，有路向瀛洲。”

次韵李伯宗学士途中述怀

山巍碛瘦马逶迟，尽日云阴变四时。
晓度[①]桑干雪新作，倚松参坐斗题诗。

李陵台下日迟迟，惆怅河梁执别时。
汉武不知歌四牡[②]，千年竞作五言诗[③]。

萦纡驰道属车迟，白发微臣际盛时。
侍猎能追上林赋，登台愿继柏梁诗[④]。

紫禁天低夏日迟，深红芍药胜春时。
共仰云孙[⑤]李学士，乐府新填更进诗。

内宴初筵舞尉迟[⑥]，榴花未吐艾花[⑦]时。
宫词久矣无王建[⑧]，把笔争传应制诗[⑨]。

鳌峰土冷菊花迟，滴滴金明八月时。
留取东平老学士[⑩]，烹羊分韵[⑪]酒催诗。

①度，宜稼堂本同元刊本；四库本作“渡”，亦通。

②四牡，出自《诗经》中的《四牡》，全诗五章，每章五句，是一首描述为王事奔波的人辛勤与思家情绪的诗。

按：《诗经·小雅·四牡》：“四牡骈骈，周道倭迟，岂不怀归？王事靡盬，我心伤悲。”

③南朝梁萧统《文选》最早收录李陵、苏武赠答之五言诗共七首，是五言诗

成熟的标志。后人多以李陵、苏武为题材创作的五言诗进行评说。

按：《李陵与苏武诗》三首其三："携手上河梁，游子暮何之。徘徊蹊路侧，悢悢不得辞。行人难久留，各言长相思。安知非日月，弦望自有时。努力崇明德，皓首以为期。"《苏武与李陵诗》四首其三："黄鹄一远别，千里顾徘徊。胡马失其群，思心常依依。何况双飞龙，羽翼临当乖。幸有弦歌曲，可以喻中怀。请为游子吟，泠泠一何悲。丝竹厉清声，慷慨有余哀。长歌正激烈，中心怆以摧。欲展清商曲，念子不能归。俛仰内伤心，泪下不可挥。愿为双黄鹄，送子俱远飞。"

④柏梁诗：是一种句句用韵的特殊七言诗体，又称为"柏梁体"或"柏梁台体"。柏梁诗最早出现于汉朝。西汉元鼎二年（前115），汉武帝大兴土木筑柏梁台，台高数十丈，建筑以香柏为梁，因而得名。西汉元封三年（前108）柏梁台落成，汉武帝在柏梁台上设宴宴请臣子，宴席上人各一句，凑成一首二十六句的联句诗，后称之为"柏梁台联句"，这种诗歌形式也被称为柏梁诗。

按：《旧唐书》卷一百九十下《列传》第一百四十下《文苑》下《杜甫》："秦、汉已还，采诗之官既废，天下妖谣民讴、歌颂讽赋、曲度嬉戏之辞，亦随时间作。至汉武赋《柏梁》而七言之体具，苏子卿、李少卿之徒，尤工为五言。"

⑤云孙，即第九代孙，泛指远孙。

按：《尔雅》卷四《释亲》第四："子之子为孙，孙之子为曾孙，曾孙之子为玄孙，玄孙之子为来孙，来孙之子为昆孙，昆孙之子为仍孙，仍孙之子为云孙。"汉刘熙《释名》卷三《释亲属》："仍孙之子曰云孙，言去已远，如浮云也，皆为早娶晚死寿考者言也。"

⑥尉迟：于阗王国的君主本姓尉迟。此处代指于阗舞。

按：《旧唐书》卷一百九十八《列传》第一百四十八《西戎·于阗》："于阗国，西南带葱岭，与龟兹接……其王姓尉迟氏，名屈密。"

⑦艾花：古代端午节妇女头上佩戴的头饰，据说可以辟邪。艾花的制作方法是：农历五月初五，民间将绸、纸之类剪成艾花，或用真艾剪贴成蜈蚣、蚰蜒、蛇、蝎、草虫以及天师的形象，刻制石榴、萱草等假花，或用香药作花。

按：宋孟元老《东京梦华录》卷八《端午》："端午节物：百索、艾花、银样鼓儿、花花巧画扇、香糖果子、粽子、白团、紫苏、菖蒲、木瓜，并皆茸切，以香药相和，用梅红匣子盛裹。”

⑧王建，字仲初，颍川人，乐府与张籍齐名，世称“张王乐府”。

按：元辛文房《唐才子传》卷四《王建》：“建字仲初，颍川人……与张籍契厚，唱答尤多。工为乐府歌行，格幽思远；二公之体，同变时流。建性耽酒，放浪无拘。宫词特妙前古。建初与枢密使王守澄有宗人之分，守澄以弟呼之，谈间故多知禁掖事，作《宫词》百篇。”

⑨应制诗：臣僚奉皇帝旨所作、所和的诗。唐以后大多数为五言六韵或八韵的排律，内容多为歌功颂德，部分作品中也反映出对皇帝的期望。作品主要有两类：其一为宫廷游宴的应制诗；其二为科举考试的省试诗。

按：《北史》卷十九《列传》第七《献文王六·彭城王勰》：“遂令黄门侍郎崔光读暮春群臣应制诗。至勰诗，帝乃为改一字，曰：‘昔祁奚举子，天下谓之至公。今见勰诗，始知中令之举非私也。’”

⑩老学士：元代东平儒学之士颇多，与袁桷交往且被称为“老学士”者似应为阎复。阎复先后任翰林直学士、侍讲学士兼集贤院侍讲学士、翰林学士、集贤学士。

按：袁桷《翰林学士承旨荣禄大夫遥授平章政事赠光禄大夫大司徒上柱国永国公谥文康阎公神道碑铭》：“自至元至于大德，更进迭用，诰令典册，则皆阎公所独擅……公在翰林最久，赞书积几，高下轻重，拟议精切，传诵以为楷则。”

⑪数人相约赋诗，选择若干字为韵，各人分拈，依所拈得的韵作诗，称为分韵。

按：唐白居易《花楼望雪命宴赋诗》：“万重云树山头翠，百尺花楼江畔开。素壁联题分韵句，红炉巡饮暖寒杯。”宋严羽《沧浪诗话·诗体》：“有拟古，有连句，有集句，有分题。有分韵，有用韵，有和韵，有借韵，有协韵，有今韵，有古韵。有古律，有今律。”

端午谢吴闲闲惠酒

客里端阳[①]景物殊，侍晨分酿出偏壶。
松间尚积千年雪，涧底难寻九节蒲[②]。
霏玉论陈医国艾[③]，研朱手写辟兵符[④]。
侍臣陡[⑤]觉蓬莱近，簇簇宫花遍蕊珠[⑥]。

①端阳，即端午，也称午日节、五月节、重五节、女儿节、龙舟节、浴兰节、解粽节、菖蒲节等，时间为农历五月初五。其来源有纪念屈原、伍子胥、曹娥等说法。

按：晋周处《风土记》："仲夏端午，烹鹜角黍。"南朝梁宗懔《荆楚岁时记·采艾悬门斗草游戏》："五月五日，四民并踏百草，又有斗百草之戏，采艾以为人，悬门户上，以禳毒气。"《金史》卷六《本纪》第六《世宗上》："乙未，以重五，幸广乐园射柳，命皇太子、亲王、百官皆射，胜者赐物有差。"

②九节蒲：草药名，菖蒲的一种，由于茎节密致，每寸达九节以上，因而得名。

按：晋葛洪《抱朴子内篇》卷十一《仙药》："韩终服菖蒲十三年，身生毛，日视书万言……又菖蒲生须得石上，一寸九节已上，紫花者尤善也。"唐李贺《帝子歌》："九节菖蒲石上死，湘神弹琴迎帝子。"宋李昉等《太平广记》卷十《神仙十·王兴》："仙人曰：'吾九嶷之神也，闻中岳石上菖蒲，一寸九节，可以服之长生，故来采耳。"宋杨万里《壬寅岁朝发石塔寺》："佛桑解吐四时艳，铁树还如九节蒲。"

③医国艾：治国良方。

按：宋周必大《端午帖子·皇帝阁》："缕缯采药谩区区，谁似君王用意殊。仁政便为医国艾，德威那假辟兵符。"

④辟兵符：古代迷信，认为朱砂可以辟邪，用朱砂将符咒写在黄纸上，据传

可作为兵符，以避兵器伤害。

按：《三国志》卷六《魏书》六《董二袁刘传》第六《董卓李傕郭汜》："辅恇怯失守，不能自安，常把辟兵符，以铁锧致其旁，欲以自强。"《资治通鉴》卷二百四十《唐纪》二十《则天顺圣皇后》上之下《四年》："贞使道士及僧诵经以求事成，左右及战士皆带辟兵符。"

⑤陡，宜稼堂本同《诗渊》；四库本、元刊本作"陟"。

⑥蕊珠，即蕊珠宫，简称蕊宫，原指宋代宫殿，也指道教仙宫。

按：《宋史》卷八十五《志》第三十八《地理一·京城》："天章阁下有群玉、蕊珠二殿，后有宝文阁，阁东西有嘉德、延康二殿，前有景辉门。"宋周邦彦《汴都赋》："蕊珠、广寒、黄帝之宫，荣光休气，艟胧往来。"

榆　林[1]

白榆天上生，北塞传真种。
汉皇究边略，盛秋此为重。
神武开帝京，赤县官曹拥。
井邑[2]生聚繁，折戟出耕垄。
考昔所种榆，禾黍日菶菶[3]。
繁弦杂伎部，一一承天宠。
盛衰谅有时，前山碧云涌。

①榆林位于北京市延庆区康庄镇，始建于元代，明代沿袭，明英宗正统十四年（1449）重建榆林堡，城为“凸”形，现仅残存土城数段。

按：《嘉庆重修一统志·宣化府》：“榆林驿堡，在怀来县东南三十里，东至延庆州岔道口二十五里，至居庸关五十八里，元置榆林驿，明初因之。本朝设把总驻守，旧兼设驿丞。今裁。”清顾祖禹《读史方舆纪要》卷十八《北直九·万全行都司·怀来卫》：“榆林驿堡，卫东南三十里，元置榆林驿……明初亦置驿，东至岔道口二十五里，至居庸关五十八里。”

②井邑：城镇，乡村。

按：《周礼》卷十一《小司徒》：“凡国之大事、致民、大故、致余子，乃经土地而井牧其田野。九夫为井，四井为邑，四邑为丘，四丘为甸，四甸为县，四县为都，以任地事而令贡赋。”

③菶菶：草木繁盛的样子。

按：《诗经·大雅·卷阿》：“梧桐生矣，于彼朝阳，菶菶萋萋；雍雍喈喈。”唐张元一《又嘲》：“里头极草草，掠鬓不菶菶。”

龙虎台[①]

群山朝宸居，层台纳灵秀。
百泉暗东西，千嶂明左右。[②]
先皇雄略深，省方岁巡狩。
翠华悬中天，问俗首耕耨。
沉沉貔貅垒，濯濯鹰犬薮。
前行节鼍鼓，执御各在手。
侍臣仰天威，长跪四方奏。
往闻父老言，罗拜上万寿。
山桃与黍酒[③]，启齿时一嗅。
乘云去无踪，过者必稽首。
登坡望储胥[④]，紫气彻牛斗。

①龙虎台：元代大都与上都之间的重要驿站，在昌平境内。

按：《大明一统志》卷一《京师·顺天府·宫室》："龙虎台，在居庸关南口。台广二里，袤三里，与积粟山相峙，有龙盘虎踞之状。"元周伯琦《扈从诗前序》："龙虎台，在昌平境，又名新店，距京师仅百里。'龙虎台'注：距居庸关二十五里。"清顾祖禹《读史方舆纪要》卷十一《北直二·顺天府·昌平州》："南口而东六里，有龙虎台。"

②此处有原注：沙碛水多伏流。

③黍酒，即黍米酒。

按：北魏贾思勰《齐民要术》卷七《笨曲并酒》第六十六："粟米酒法，唯正月得作，余月悉不成。用笨曲，不用神曲。粟米皆得作酒，然青谷米最佳……气味香美，不减黍米酒。贫薄之家，所宜用之。黍米贵而难得故也。"宋陆游

《老景》："黍酒时留客，菱歌或起予。"

④储胥：汉代宫馆名，后泛指帝王宫殿。

按：《汉书》卷八十七上《扬雄传》第五十七上："甘泉本因秦离宫，既奢泰，而武帝复增通天、高光、迎风。宫外近则洪崖、旁皇、储胥、弩陆，远则石关、封峦、枝鹊、露寒、棠梨、师得……"汉张衡《西京赋》："既新作于迎风，增露寒与储胥。"

居庸关

扈跸朝上京，严装戒修途。[①]

首夏[②]天宇肃，寒云惨不舒。

足弱跨鞍窘，喋喋询前途。

萦纡[③]入南口，松籁吹笙竽。

在昔恃险隘，当关守千夫。

一朝天马来，岩崿成康衢。

大统叶天运，神武开皇谟[④]。

信矣经启[⑤]功，聿超神禹图。

①上都与大都之间辇路上的重要关隘派有驻军，皇帝巡幸时沿路均设卫。

按：《元史》卷九十九《志》第四十七《兵志二·宿卫·围宿军》："皇城外皆无墙垣，故用军环绕，以备围宿。"

②首夏，即始夏，初夏，指农历四月。

按：三国魏曹丕《槐赋》："伊暮春之既替，即首夏之初期。天清和而温润，气恬淡以安治。"

③萦纡：迂回曲折。

按：汉班固《西都赋》："步甬道以萦纡，又杳窱而不见阳。"唐白居易《长恨歌》："黄埃散漫风萧索，云栈萦纡登剑阁。"宋范成大《惜交赋》："玉宛转而不断兮，茧萦纡而连缕。"

④皇谟：皇帝的谋划。

按：宋王禹偁《还杨遂蜀中集》："经史子集灿今古，粉绘帝道张皇谟。"

⑤启，一作"起"。

桑干岭

兹山西北来，旋转十二雷。
昔人望乡处，生别何崔嵬。
我来坐绝顶，云汉森昭回。
出日腾金钲，积露流银台。
长空不受暑，雪华散皑皑。
毡车引绳过，屈曲肠九回。
微踪愧三至[①]，南望心低徊。
长风马耳迅，何当赋归来。

①作者至少在延祐元年、二年、六年，元英宗至治元年、二年以及三年前后共六次扈从上都，《开平第三集》是作者至治元年所作，以前已来过三次，因而有这样的说法。

李老谷[1]

层峦积明秀，深崦罘罳[2]围。
千松受新雨，一一流珠玑。
少憩倚崖文[3]，清湍激林霏。
睡醒日亭午，隔溪啼秭归。
昔有山水癖，黾勉登王畿[4]。
欣此涧谷幽，亭亭白云飞。
素心[5]傥[6]自喻，出处谅无违。

①李老谷，也称李老峪，位于怀来县土木堡正北，元代大都、上都之间的重要驿站。

按：《大明一统志》卷五《京师·万全都指挥使司·山川》、清黄彭年等《畿辅通志》、清顾祖禹《读史方舆纪要》卷十八《北直九·万全行都司·右门守衛千户所》："李老峪，在（长安岭）堡北三十里。"

②罘罳：古代设在门外或城角上的网状建筑，用以守望和防御。

按：《汉书》卷四《文帝纪》第四："六月癸酉，未央宫东阙罘罳灾。"

③崖文，宜稼堂本同元刊本，四库本作"绝崖"。

④王畿：古时指王城周围的广大地域，后泛指都城。

按：《周礼》卷三十三《职方式》："乃辨九服之邦国，方千里曰王畿。"晋潘岳《闲居赋》："太夫人乃御板舆升轻轩，远览王畿。"

⑤心，宜稼堂本同元刊本；四库本作"怀"。

⑥傥，宜稼堂本同元刊本；四库本作"倘"。素心，即本心。

按：《晋书》卷五十六《列传》第二十六《孙楚·孙绰》："播流江表，已经数世，存者长子老孙，亡者丘陇成行。虽北风之思感其素心，目前之哀实为交切。"南朝梁江淹《陶征君潜田居》："但愿桑麻成，蚕月得纺绩。素心正如此，开径望三益。"

龙　门①

苍崖出双阙，群山俯首尊。
阴风起晴雷，摩荡昼日昏。
铁峡拥逼仄，百川为之奔。
疑下有龙湫②，逞怪蹲天门。
渰③兮出肤寸，顷刻黄流浑。
侧径出石壁，巨浸存遗痕。
缅昔设天险，事久难穷论。
征衣袭轻雨，神君④俨云根⑤。

①龙门，又称龙门口、龙门峡，元代大都、上都间的重要驿站。

②龙湫，指飞瀑下面的深潭。

按：《隋书》卷六《志》第一《礼仪一》："鹿角生于杨树，龙湫出于荆谷。"

③渰：将要下雨的云兴起的样子。

按：《诗经·小雅·大田》："有渰凄凄，兴雨祈祈。"汉许慎《说文解字》第十一："渰，云雨貌。"

④神君，指神灵，神仙。

按：《韩非子·说林上》："泽涸，蛇将徙。有小蛇谓大蛇曰：'子行而我随之，人以为蛇之行者耳，必有杀子。不如相衔负我以行，人以我为神君也。'"南朝宋刘义庆《世说新语》卷下《容止》第十四："桓谓王曰：'定何如？'王曰：'相王作辅，自然湛若神君。公亦万夫之望，不然，仆射何得自没？"

⑤云根：深山云起的地方。

按：晋张协《杂诗》十首其十："云根临八极，雨足洒四溟。"

独　石①

乱石各参布，兹山以独称。
磅礴太素初，星陨遗其形②。
磊落绝众附，昂昂耿晶荧③。
此土积阴冱，草木无光精④。
疑有华表人，宴坐陈废兴。
前车何绳绳⑤，去马何腾腾。
问之了不应，油然白云升⑥。

①独石，即独石口驿站，位于今河北省张家口市赤城县西北白河上游，是望云路通向草原的隘口，形势险要，因其南有独石屹立于平地而得名。

按：清黄彭年等《畿辅通志》卷一百七十七《古迹略》二十四："独石神庙，云在赤城县北，独石城南。"北魏郦道元《水经注》卷十四《沽河》："大谷水注之。水发镇北大谷溪，西南流，径独石北界，石孤生，不因阿而自峙。"清林盛《宣镇志》："独石在开平城南，一石屹起平地上，可构屋数楹。"

②形，宜稼堂本、四库本同元刊本；《诗渊》作"刑"，亦通。

③晶荧：明亮闪光。

按：唐王起《浊水求珠》："的皪终难掩，晶荧愿见收。"

④光精：精神。

按：唐吕岩《绝句》："养得儿形似我形，我身枯悴子光精。"

⑤绳绳：众多，绵绵不绝的样子。

按：《诗经·国风·周南·螽斯》："螽斯羽，薨薨兮，宜尔子孙，绳绳兮。"

⑥升，宜稼堂本同元刊本；四库本作"兴"，似音近而讹。

晓　发

蓐[1]食慎王事，晓星当前户。
跨马官道行，细草泣寒露。
乱石鸣琮琤，啼鸟守荒树。
行行未十里，问堠[2]坐当路。
年衰胫力拘，望远弥窘步。
天风卷飞蓬，白日互吞吐。
深知非世才，归耕誓先墓。

①蓐：陈草复生。引申为使吃饱的意思。

按：汉许慎《说文解字》第一下：“蓐，陈草复生也。”《后汉书》卷三十一《郭杜孔张廉王苏羊贾陆列传》第二十一《廉范》：“待旦将退，范乃令军中蓐食，晨往赴之……”

②堠：古代用来记里数的堆子。这里指望路。

按：南朝梁顾野王《玉篇》卷二《土部》第九：“堠，胡遘切。牌堠，五里一堠。”

合门岭①

寒沙高冈聚，积溜开土门。
地媪②神功奇，兹焉奉帝尊。
先皇岁巡幸，属车烂华轩。
令严植前茅，高下相攀援。
鱼贯别后殿，蚁行定前屯。
飞丸落千尺，瞥裂惊危辕。
履险深自持，人情戒居安。
寒云蔽出日，去去逾前村。

①合门岭，又称浩门岭，元代大都、上都之间的重要驿站。

按：清黄彭年等《畿辅通志》卷六十五《舆地略》第二十：“浩门岭一曰合门岭，在雕鹗堡北二十五里。”清顾祖禹《读史方舆纪要》卷十八《北直九·万全行都司·龙门守御千户所》：“浩门岭，堡北二十五里。明初以此名驿。上有松数百株，郁然苍秀。”

②地媪：地神。

按：《汉书》卷二十二《礼乐志》第二：“惟泰元尊,媪神蕃厘。经纬天地，作成四时。”唐卢照邻《益州至真观主黎君碑》：“苍苍中野，同销地媪之魂；眇眇太初，独昧天师之化。”

赤　城[1]

兹山浴晓日，墙壁流丹砂。
昔闻天台峰，云受珠宫霞。
地气有南北，变化无殊差。
埴坟[2]登禹书，赪壤[3]劳民嗟。
感彼山上松，黑铁留槎牙。
形色有正性，染入徒增夸。
至今温泉下，金鼎烹灵芽。

①赤城：元代大都、上都之间的重要驿站。

按：《清一统志》卷二十五《直隶宣化府古迹》："故赤城，今赤城县治。……元置赤城站，明宣德五年筑城曰赤城堡。……本朝康熙三十二年改置赤城县。"清顾祖禹《读史方舆纪要》卷十八《北直九·万全行都司·龙门守御千户所》："元为云州之赤城站，明初置云门驿。宣德五年筑城置戍。"

②埴坟，指轻黏土和壤土。

按：《尚书》卷六《夏书·禹贡》："厥土赤埴坟，草木渐包。厥田惟上中，厥赋中中。"

③赪壤：红土。古代用以涂饰墙壁。

按：南朝宋鲍照《芜城赋》："制磁石以御冲，糊赪壤以飞文。观基扃之固护，将万祀而一君。"唐李商隐《览古》："空糊赪壤真何益，欲举黄旗竟未成。"

滦　河[1]

近山马昂鬃，远山凤腾[2]羽。
百谷奔乱流，屈曲长蛇赴。
维时雨新过，急溜槽床注。
居人汇为井，千屦集沙步。
寒光澄玉膏，甘冽过牛乳。
兹泉成白沟，巨浸合沮洳。
莲芡充糇粮[3]，鱼虾足租赋。
塞翁话畴昔，陋彼成险固。
往事不复论，沄沄[4]日东去。

①滦河古称“濡水”，元朝又称“御河”或“上都河”，发源于河北省丰宁县，向西北流经坝上草原，沽源县转北，称闪电河，经正蓝旗转向东南，经多伦县南流，又进入河北省丰宁县。

按：北魏郦道元《水经注》卷十四《濡水》：“濡水出御夷镇东南，其水二源双引，夹山西北流，出山，合成一川。”《元史》卷六十四《河渠一·滦河》：“滦河，源出金莲川中，由松亭北，经迁安东、平州西，濒滦州入海也。”

②腾，一作“翔”。

③糇粮：干粮、食粮。

按：三国魏曹植《应诏》：“虽有糇粮，饥不遑食。”唐杜甫《彭衙行》：“野果充糇粮，卑枝成屋椽。”

④沄沄：形容水流动的样子。

按：汉许慎《说文解字》第十一：“沄，转流也。从水，云声。”《楚辞·哀岁》：“流水兮沄沄。”

次韵虞伯生[①]墨竹画壁

墨云参差平地涌，碧窗淅沥寒风生。
截为崆峒白玉管，蛰龙夜啸幽凤鸣。
六月雪花飘上京，峥嵘直与星斗平。
出门忽作江海兴，推枕先闻金石声。

①虞伯生，即元代诗人虞集。此诗为应和虞集之作。

按：元虞集《道园遗稿》卷三《天师庵壁间墨竹》："忆昔卧起修竹地，当林日日看风生。白云来时众仙降，皓霞如泻孤鹤鸣。吹笛江深星斗动，钓竿树老浪波平。何时置我北极下，独倚高壁听秋声。"

杨花曲

上都杨柳瘦且坚，叶叶不展圆如钱。
年年飞花作端午，远客乍见心茫然。
上都飘雪不知数，此花与雪相旋舞。
黄鹂声绝孤雁鸣，万骑千车互来[①]去。
手攀短条心欲绝，宛转成球恨初结。
寒风飞蓬卷车轮，点点相亚随明灭。
南邻荡子衣夜单，晓望出日如黄绵[②]。
辛勤掇拾不敢弃，愿刮龟毛[③]同作毡。

①来，宜稼堂本、四库本同元刊本；《诗渊》作“相”，误。

②黄绵：黄色丝绵。

按：《后汉书·志第六·礼仪下·大丧》：“守官令兼东园匠将女执事，黄绵、缇缯、金缕玉柙如故事。”

③龟毛，即龟毛兔角，比喻不可能存在或有名无实的东西。

按：晋干宝《搜神记》卷六：“商纣之时，大龟生毛，兔生角。兵甲将兴之象也。”宋苏辙《答孔平仲二偈》其二：“龟毛兔角号空虚，既被无收岂是无。”

伯宗学士悉知鄙作唐律叙谢①

峨冠疏发老词臣，笔底花飞点点春。
千里关山劳梦寐，百年泉石换精神。
芜城赋罢②生新恨，夔府诗成③叹绝尘。
更有御园红芍药，生香一曲柘枝新。

①知，宜稼堂本、《诗渊》、元刊本作“和”；四库本同，似形似而误。诗题，《诗渊》作“伯宗唐律叙谢”。

②《芜城赋》是南朝宋文学家鲍照的赋作，为南朝抒情小赋中的名篇。

按：南朝宋鲍照《芜城赋》：“天道如何，吞恨者多。抽琴命操，为芜城之歌。”唐李商隐《隋宫》：“紫泉宫殿锁烟霞，欲取芜城作帝家。”

③夔府诗，即夔州诗，指杜甫在夔州期间所创作的诗歌，诗歌多以思乡、望乡以及抒发对于人生境遇的感慨为主题。

按：唐杜甫《秋兴八首》其二：“夔府孤城落日斜，每依北斗望京华。听猿实下三声泪，奉使虚随八月槎。画省香炉违伏枕，山楼粉堞隐悲笳。请看石上藤萝月，已映洲前芦荻花。”清沈德潜《唐诗别裁集》卷十四《七言律诗·杜甫下》：“怀乡恋阙，吊古伤今。杜老生平，具见于此。其才气之大，笔力之高，天风海涛，金钟大镛，莫能拟其所到。”

四月廿一日与继学同出健德门而伯庸以是日入都城作诗寄之①

二子出北门，一客南门来。
燕鸿两相避，矫首气崔嵬。
客有百和香，我有蒲萄杯。
把杯客不见，我心为之灰。
愿留百和香，以待二子回。

①诗题，宜稼堂本、四库本同元刊本；《诗渊》作“与继学同伯庸都城寄”。健德门，元大都城门之一，即德胜门。

按：《元史》卷五十八《志》第十《地理一·中书省·大都路》：“城方六十里。十一门……北之东曰安贞，北之西曰健德……”清朱彝尊《日下旧闻考》卷五十四《城市·内城北城》：“臣等谨按：今德胜门即《元史·地理志》所载健德门也。《辍耕录》亦作‘健德’。明永乐间尚存其旧。至正统十年，以旧城内面用土，恐易颓毁，命成国公朱勇等甓之，始改名德胜。”

乞酒潘景梁[1]学士

长夏萧斋[2]学昼眠，鳌峰深处酒如泉。
山瓢[3]从此通来往，准拟宫袍不上船。[4]

①潘昂霄，潘抟霄之弟，字景梁，号苍崖，磁州（今河北省磁县）人。曾官昆山县尹，世祖至元二十六年（1289）任南台御史，不久升为闽海宪佥；成宗大德六年（1302），转任南台都事，累官翰林侍读学士、通奉大夫。雄文博学，为世所重。谥号“文僖”。有《河源记》一卷、《金石例》十卷及诗文集《苍崖类稿》《苍崖漫稿》各数卷传世。

按：《元史》卷一百八十八《列传》第七十五《董昂霄》：“是日，昂霄亦死之……昂霄赠推诚孝节功臣、嘉议大夫、礼部尚书、上轻车都尉，追封陇西郡侯，谥忠毅。”

②萧斋：指寺庙或书斋，也用于谦辞，类似于“寒舍”。

按：宋李昉等《太平广记》卷二百七《书二·萧子云》：“武帝造寺，令萧子云飞白大书‘萧’字，至今萧字存焉。李约竭产，自江南买归东洛，建一小亭以玩，号曰‘萧斋’。”

③山瓢：山野之人所用的瓢。泛指粗陋的盛器或饮器等器皿。

按：唐韦应物《寄释子良史酒》：“秋山僧冷病，聊寄三五杯。应泻山瓢里，还寄此瓢来。”宋陆游《秋雨》：“书册频开合，山瓢任浊清。”元戴表元《袁提干挽诗》二首其二：“平生五字苦，寒泪洒山瓢。”

④相传李白曾经身披皇帝赐予的宫袍漫游，旁若无人。

按：唐杜甫《饮中八仙歌》：“李白一斗诗百篇，长安市上酒家眠。天子呼来不上船，自称臣是酒中仙。”

次韵继学

急雹散晴雪，仲夏天气清。
闭户北窗坐，稍稍新月生。
客至设棋局，言忘遗世[1]情。
尽日无王事[2]，自云与檐平。

①遗世，指超脱于世俗，或摆脱人世之事。

按：汉焦延寿《易林·附录·陆贻典记》：“余借校此帙，未及卒业而罢，距今已十有一载，而盖臣遗世亦已五年矣。”三国魏曹植《七启》：“亦将有才人妙妓，遗世越俗。”宋苏轼《前赤壁赋》：“飘飘乎如遗世独立，羽化而登仙。”

②王事，朝廷差遣的公事。

按：《诗经·小雅·北山》：“四牡彭彭，王事傍傍。”

重午联句[1]

夏峰表奇雪，天京候端阳。
寒袭宫罗轻，瑞登水镜光。
乌轮[2]丽北陆[3]，龙舟竞南湘。
蝇虎[4]逞王国，蜥蜴严帝房。
事讹污习陋，风烈垆壤刚。
拥貂系彩丝，飞鞭赌琼浆。
带重公莫舞[5]，簪飘艾如张[6]。
雁分列瑶席，鱼贯登紫廊。
白乳[7]谢角黍[8]，青蒲截鹅肪[9]。
重离[10]天门正，习坎[11]地轴方。
灵符莹丹砂，羽箭穿白杨。
恋阙葵日倾，怀家麦秋凉。
羹枭[12]传太官，悬虎步天罡。
䴗噤百壬敛，螽动[13]九子昌。
巀嶭[14]翠屏偃，浩渼白海长。
扇藏婕妤[15]泣，标耸飞廉[16]忙。
红苞当阶药，碧缕雕盘香。
宫花金抹额[17]，厩仗玉镂锡[18]。
铃催宝贴进，拍奏霓裳扬。
举鼎凝脂膏，载车实餦餭[19]。
蒲萄潋滟泻，琵琶宛转伤。
蟾蜍□未乖，骕骦[20]裘难藏。
伏日夌果贡，薰风鉴冰洋。
瀛洲畏独往，玉署思同翔。

①重午，即端午节，也称端阳节、午日节等。

②乌轮：日轮，太阳。传说日中有乌，因而也称太阳为乌轮。

按：宋苏轼《辨道歌》："吾恨尔见有所遮，海波或至惊井蛙。乌轮即晚蟾影斜，吾时俱睹超云霞。"

③北陆：北方之地。

按：北周庾信《枯树赋》："东海有白木之庙，西河有枯桑之社，北陆以杨叶为关，南陵以梅根作冶。"

④蝇虎：蜘蛛的一种，体小脚短，白或灰色，不结网，常在墙壁上捕食苍蝇和其他小昆虫，俗称苍蝇虎、蝇子虎、苍蝇老虎等。

按：晋崔豹《古今注》卷中《鱼虫》："蝇虎，蝇狐也。形似蜘蛛而色灰白，善捕蝇。一名蝇蝗，一名蝇豹。"

⑤公莫舞，又称公莫巾舞、巾舞等，是一种汉族古典舞蹈。其辞全文载于《宋书·乐志》和《乐府诗集》卷五十四中，片段载录于《南齐书·乐志》中。

按：《晋书》卷二十三《志》第十三《乐下》："《公莫舞》，今之《巾舞》也。相传云项庄剑舞，项伯以袖隔之，使不得害汉高祖，且语项庄云'公莫'！古人相呼曰公，言公莫害汉王也。今之用巾盖像项伯衣袖之遗式。然案《琴操》有《公莫渡河曲》，然则其声所从来已久，俗云项伯，非也。"

⑥艾如张：汉乐府旧题，属于铙歌十八曲，是一首政治诗，诗借诱捕鸟雀的罗网比喻害人者暗设圈套陷害人。

按：《晋书》卷二十三《志》第十三《乐下·四时祠祀》："汉时有短箫铙歌之乐，其曲有《朱鹭》《思悲翁》《艾如张》……等曲，列于鼓吹，多序战阵之事。"唐李贺《艾如张》："锦襜褕，绣裆襦。强饮啄，哺尔雏。陇东卧穗满风雨，莫信笼媒陇西去。齐人织网如素空，张在野田平碧中。网丝漠漠无形影，误尔触之伤首红。艾叶绿花谁剪刻，中藏祸机不可测。"

⑦白乳：一种名茶。

按：宋沈括《梦溪笔谈》卷二十六《药议》："薰陆，即乳香也。本名薰陆，以其滴下如乳头者，谓之乳头香；熔塌在地上者，谓之塌香。如腊茶之有滴乳、白乳之品，岂可各是一物？"

⑧角黍，即粽子，以箬叶或芦苇叶等裹糯米、红枣等制成，状如三角。古时一般选择黏黍为主料，因而得名。

按：宋李昉等《太平御览》卷八百五十一《饮食部九·粽》："《风土记》曰：俗以菰叶裹黍米，以淳浓灰汁煮之，令烂熟，于五月五日及夏至啖之。一名粽，一名角黍。盖取阴阳尚相裹，未分散之时，像也。"《宋史》卷二百六十二《列传》第二十一《刘温叟》："太宗在晋邸，闻其清介，遣吏遗钱五百千，温叟受之，贮厅西舍中，令府吏封署而去。明年重午，又送角黍、执扇，所遣吏即送钱者，视西舍封识宛然，还以白太宗。"

⑨鹅肪，即鹅脂，也因其色彩而用以形容白润。

按：唐韩愈、孟郊《城南联句》："鷀毳翔衣带（孟郊），鹅肪截佩璜。文升相照灼（韩愈），武胜屠搀枪。"元张雨《和率性五十韵》："杯面如泻油，鹅肪胜切玉。"

⑩《离》卦为离上离下相重，因而以"重离"指太阳，也用以比喻帝王或太子。

按：《周易》卷三《离》："象曰：明两作离，大人以继明照于四方。"

⑪习坎：险阻。

按：《周易》卷三《坎》："象曰：习坎，重险也。水流而不盈，行险而不失其信。"

⑫枭，宜稼堂本同元刊本；四库本作"鸮"，亦通。"羹枭"即以枭鸟为食，通常作枭炙。

按：《庄子·内篇·齐物论》："长梧子曰：'是黄帝之所听荧也，而丘也何足以知之！且汝亦太早计，见卵而求时夜，见弹而求鸮炙。"

⑬螽：昆虫的一种，昆虫纲直翅目斯螽科，即蝈蝈。斯螽开始活动，借指春天到来。

按：《诗经·国风·豳风·七月》："五月斯螽动股，六月莎鸡振羽。七月在野，八月在宇，九月在户，十月蟋蟀入我床下。"

⑭巀嶭：高耸的样子。

按：汉扬雄《长杨赋》："左太华而右褒斜。椓巀薛而为戈，纡南山以为置，罗千乘于林莽，列万骑于山隅。”宋欧阳修《和韩学士襄州闻喜亭置酒》：“巀嶭高城汉水边，登临谁与共跻攀。清川万古流不尽，白鸟双飞意自闲。”

⑮婕妤：指班女扇，也称“班姬扇”，汉成帝妃子班婕妤失宠后作《团扇》诗，也称《怨歌行》，诗中以秋扇见弃而自喻，表达内心的哀怨之情。后以“班女扇”比喻失宠者或废弃之物。

按：南朝陈徐陵《玉台新咏》卷一《班婕妤·怨诗一首并序》：“昔汉成帝班婕妤失宠，供养于长信宫。乃作赋自伤，并为《怨诗》一首。”

⑯飞廉：又称风伯、风神，传说中人面鸟身的天神。

按：《楚辞·离骚》：“前望舒使先驱兮，后飞廉使奔属。”

⑰抹额，也称额带、头箍、发箍、眉勒、脑包、抹头等，为中国传统头饰，一般指妇女束在额前的巾饰，常饰以刺绣或珠玉。

按：《旧唐书》卷二十九《志》第九《音乐二》：“《高丽乐》，工人紫罗帽，饰以鸟羽，黄大袖，紫罗带，大口裤，赤皮靴，五色绦绳。舞者四人，椎髻于后，以绛抹额，饰以金珰。”

⑱镂锡：马头上的佩饰。

按：《诗经·大雅·韩奕》：“王锡韩侯，淑旂绥章，簟茀错衡，玄衮赤舄，钩膺镂锡，鞹鞃浅幭，鞗革金厄。”

⑲餦餭：一种干的饴糖。

按：《楚辞·招魂》：“粔籹蜜饵，有餦餭些。”

⑳ 骕骦：古代的一种骏马。

按：《后汉书》卷六十上《马融列传》第五十上：“乘舆乃以吉月之阳朔，登于疏镂之金路，六骕骦之玄龙，建雄虹之旌夏，揭鸣鸢之修橦。”唐杜甫《秦州杂诗》：“闻说真龙种，仍残老骕骦。”

装马曲[①]

彩丝络头百宝装，猩血入缨火齐[②]光。
钖铃交驱八风转，东西夹翼双龙冈。
伏日翠裘不知重，珠帽齐肩颤金凤。
绛阙葱昽[③]旭日初，逐电回飙斗光[④]动。
宝刀羽箭鸣玲珑，雁翅却立朝重瞳。
沉沉棕殿[⑤]云五色，法曲初奏歌薰风。
酮官庭前列千斛，万瓮蒲萄凝紫玉。
驼峰[⑥]熊掌翠釜[⑦]珍，碧实冰盘行陆续。
须臾玉卮黄帕覆，宝训传宣争俯首。
黑河夜渡辛苦多，画戟[⑧]雕闲总勋旧。
龙媒嘶风日将暮，宛转琵琶前起舞。
鸣鞭[⑨]静跸宫门闭，长跪齐声呼万岁。

①装马曲：似描写诈马宴之曲。

②火齐，即火齐珠，一种常用作配饰的珠宝。

按：《梁书》卷五十四《列传》第四十八《诸夷》："十八年，复遣使送天竺旃檀瑞像、婆罗树叶，并献火齐珠，郁金、苏合等香。"《旧唐书》卷一百九十七《南蛮、西南蛮列传·林邑国传》："四年，其王范头黎遣使献火珠，大如鸡卵，圆白皎洁，光照数尺，状如水精，正午向日，以艾承之，即火燃。"

③葱昽，宜稼堂本同元刊本；四库本作"葱茏"。

④斗光，宜稼堂本同元刊本；四库本作"光斗"。

⑤棕殿，即失剌斡耳朵，也作昔剌斡耳朵、锡喇鄂尔多等，蒙古语，意谓黄色宫帐，是蒙古大汗的宫帐，上都的失剌斡耳朵也称棕毛殿、棕殿，是位于上都离宫西内的一座穹庐式宫殿，也是每年举办诈马宴宴飨贵族的主要场所。

按：元赵世延等《经世大典》第十《工典》："敕造上都棕毛殿铺设……造

地毯二扇，积二千三百四十三尺。”《元史》卷一百八十四《列传》第七十一《崔敬》：“今失剌斡耳朵思，乃先皇所以备宴游，非常时临御之所。今陛下方以孝治天下，屡降德音，祇行宗庙亲祀之礼，虽动植无知，罔不欢悦，而国家多故，天道变更，臣备员风纪，以言为职，愿大驾还大内，居深宫，严宿卫，与宰臣谋治道。万机之暇，则命经筵进讲，究古今盛衰之由，缉熙圣学，乃宗社之福也。”元熊梦祥《析津志辑佚·古迹》：“〔昔〕剌斡耳朵者，即世祖皇帝之行在也。每圣上巡幸上都者，盖亦行国赋民力。其圣虑周知，非实以清暑为事也。”意大利马可·波罗著、冯承钧译《马可·波罗行纪》：“此草原中尚别有一宫殿，纯以竹茎结之，内涂以金，装饰颇为工巧。宫顶之茎，上涂以漆，涂之甚密，雨水不能腐之。茎粗三掌，长十或十五掌，逐节断之……此宫建筑之善，结成或拆卸，为时甚短，可以完全拆成散片，运之他所，惟汗所命。结成时则用丝绳二百余系之。汗在此草原中，或居大理石宫，或居竹宫。”

⑥驼峰：骆驼背上的肉峰，古代的美食之一。

按：唐段成式《酉阳杂俎前集》卷七《酒食》：“将军曲良翰，能为驴鬃、驼峰炙。”宋周密《驼峰》：“驼峰之隽，列于八珍。”

⑦翠釜：精美的炊器。

按：唐杜甫《丽人行》：“紫驼之峰出翠釜，水精之盘行素鳞。”

⑧画戟，又称方天戟、方天画戟，传说三国吕布、薛仁贵善用；后来通常是指一种仪设之物，较少用于实战。

按：宋孟元老《东京梦华录》卷十《驾行仪卫》：“铁骑前导番衮，自三更时，相续而行……次第高旗大扇，画戟长矛，五色介胄。”唐王维《燕支行》：“画戟雕戈白日寒，连旗大旆黄尘没。”

⑨鸣鞭，又称“静鞭”“净鞭”，銮驾仪卫人员所用的一种鞭式仪仗用具，出巡、朝会以及皇宫有重要活动时鸣之以发声，以示肃静。

按：《宋史》卷一百一十《志》第六十三《礼十三·高宗内禅仪》：“十一日行内禅之礼。有司设仗紫宸殿，宰臣、文武百僚立班，皇帝出宫，鸣鞭。”

嘉禾图①

土膏渗阳春，连畛②垂黄云。
仁声九垓被，地瑞昭人文。
穰穰③大同郡，嘉穗表奇芬。
擢茎秀双岐，骈首④誓不分。
稃联珠琲光，苞簇绶受⑤纹。
老农善视之，神化非耕耘。
维皇调玉烛⑥，岁功合氤氲。
帝力畎亩深，击壤⑦歌放勋⑧。
图成上金匮，宝轴森香芸。
侍臣丹笔工，秉心述前闻。
愿旅天子命，补亡追典坟。

①嘉禾：长得奇异的禾苗。古人将其作为吉祥的征兆，也泛指生长茁壮的禾苗、稻苗。至元元年（1264）八月恩州历亭县进嘉禾，四年（1267）太原进嘉禾等，史书都有记载。大同郡进献嘉禾时间待考。现台北故宫博物院尚藏有元人佚名所画《嘉禾图轴》。

按：《尚书》卷十三《微子之命》："唐叔得禾，异亩同颖，献诸天子。王命唐叔归周公于东，作《归禾》。周公既得命禾，旅天子之命，作《嘉禾》。"汉王充《论衡·讲瑞》："嘉禾生于禾中，与禾中异穗，谓之嘉禾。"

②畛，宜稼堂本同元刊本；四库本作"连"。

③穰穰：粮食满仓。

按：《诗经·周颂·执竞》："钟鼓喤喤，磬筦将将，降福穰穰。"《史记》卷一百二十六《滑稽列传》第六十六《淳于髡传》："祝曰：'瓯窭满篝，污邪满车，五谷蕃熟，穰穰满家。'"

④骈首：原意为头靠着头，并排，此处指禾一茎双穗甚至九穗不等，史书中多有记载。

按：《元史》卷十二《本纪》第十二《世祖九》：“癸巳，斡端宣慰使刘恩进嘉禾，同颖九穗、七穗、六穗者各一。”

⑤绶受，宜稼堂本同元刊本；四库本作“彩绶”。

⑥玉烛，指四时之气和畅，形容太平盛世。

按：《尔雅》卷六《释天第八》：“四气和谓之玉烛，春为发生，夏为长赢，秋为收成，冬为安宁。”北周庾信《周五声调曲·征调曲》其三：“摄提以之而从纪，玉烛于是而文明。”

⑦帝力：帝的作用、恩德，也指皇权。畎亩，宜稼堂本同元刊本；四库本作“亩畎”。击壤，古代的一种游戏。据传这一游戏在帝尧时代即已出现。后世用“击壤”比喻太平盛世。

按：《汉书》卷三十二《张耳陈余传》第二《陈余》：“君何言之误！且先王亡国，赖皇帝得复国，德流子孙，秋毫皆帝力也。”汉王充《论衡》卷八《艺增篇》：“传曰：有年五十击壤于路者，观者曰：‘大哉，尧〔之〕德乎！’击壤者曰：‘吾日出而作，日入而息，凿井而饮，耕田而食，尧何等力？’此言荡荡无能名之效也。”晋皇甫谧《高士传》卷上《壤父》：“壤父者，尧时人也。帝尧之世，天下太和，百姓无事。壤父年八十余，而击壤于道中。”

⑧勋，帝尧名。

按：《尚书》卷二《虞书·尧典》：“曰若稽古，帝尧曰放勋，钦、明、文、思、安安，允恭克让，光被四表，格于上下。”

苏武牧羊抱雏图

寒毡啮[1]尽节旄[2]稀，野旷风低短草肥。
忽见婵娟新月上，却疑身似梦中归。

①啮，咬啮之意。

按：《汉书》卷五十四《李广苏建传》第二十四《苏武》："天雨雪，武卧啮雪，与毡毛并咽之，数日不死。"唐杜甫《哀江头》："辇前才人带弓箭，白马嚼啮黄金勒。"

②节旄，旌节上所缀饰的牦牛尾毛。

按：《汉书》卷五十四《李广苏建传》第二十四《苏武》："杖汉节牧羊，卧起操持，节旄尽落。"唐王维《陇头吟》："苏武才为典属国，节旄空尽海西头。"

李仲宾[1]墨竹图

笔底玄云[2]冰雪姿，瀛[3]洲玉佩映参差。

如何昔日阎中令[4]，晚岁羞称老画师。

①李衎（1245—1320），字仲宾，蓟丘（今北京）人，号息斋道人，晚年寓居维扬（今江苏扬州），号醉车先生；皇庆元年（1312）为礼部尚书，拜集贤殿大学士；卒，追封蓟国公，谥文简。擅画竹石，与赵孟頫、高克恭同被誉为元初画竹三大家，有《竹谱详录》。

按：《元史》卷十八《本纪》第十八《成宗一》："遣礼部侍郎李衎、兵部郎中萧泰登赍诏使安南。"明王佐《新增格古要论》卷五《古画论·古人善画者·李息斋》："李衎，字仲宾，号息斋道人，蓟丘人。官至浙江行省平章政事，致仕，封蓟国公，谥文简。善画竹石、枯槎。始学王澹游，后学文湖州，着色者师李颇，驰誉当世。"

②玄云，又称玄珠、玄玉、玄圭、龙宾、松烟等，此处代指李仲宾所绘之图画。

按：宋苏轼《轼近以月砚屏献子功中书公，复以涵星砚献纯父侍讲，子功有诗，纯父未也，复以月石风林屏赠之，谨和子功诗，并求纯父数句》："紫潭出玄云，翳我潭中星。独有潭上月，倒挂紫翠屏。"

③瀛，宜稼堂本同元刊本；四库本作"云"，误。

④中令：唐代中书省长官中书令、门下省长官门下侍中、尚书省长官尚书令共议国政，均相当于宰相之职。唐代著名画家阎立本总章元年（668）拜右相，咸亨元年（670）官复旧名，改中书令。

按：《旧唐书》卷八十四《列传》第三十四《郝处俊》："遽令止之。寻代阎立本为中书令。岁余，兼太子宾客、检校兵部尚书。"唐许浑《出永通门经李氏庄》："力保山河家又庆，只应中令敌汾阳。"

开元[①]恩长老[②]以诗送北禅讲师[③]游上京末章见及见余于[④]滦阳次韵

乘槎亲见玉绳[⑤]流，底用蒲萄与海榴。

紫塞接天星戴斗，白云垂地水浮沤。

蝇头[⑥]可但穷三藏[⑦]，麈尾[⑧]悬知[⑨]又九州。

问讯开元老禅伯，诗瓢今向太湖浮。

①开元，寺名，又称大开元寺、东大寺，位于河北省邢台市，始建于后赵石勒年间，是禅宗二祖的传钵之地和禅宗七祖神会大师的驻锡之地，曹洞宗的发源地之一，也是“大开元一宗”即“贾菩萨宗”的祖庭。1250年元世祖忽必烈赐名为大开元寺；大同、普陀、南昌、临海、厦门等十余处均曾有开元寺。元代大都开元寺称开元万寿禅寺，上都也有开元寺，似属于藏传佛教寺院。

按：《元史》卷二十五《本纪》第二十五《仁宗二》：“壬戌，赐上都开元寺江浙田二百顷，华严寺百顷，赐赵王阿鲁秃部钞二万锭。”

②恩长老，一说即恩断江。恩为元代诗僧，曾与虞集等诗人有往来。

按：明王鏊《姑苏志》卷二十九《寺观·开元禅寺》：“开元禅寺，在盘门内。吴孙权母吴夫人舍宅建。或云，权为乳母陈氏建……元至治间，寺毁，僧光雪窗、恩断江重建，又取韦诗‘绿阴生昼寂’之语作绿阴堂，并虞集为文。”

③北禅，即北禅宗，也称北宗，禅宗五祖弘忍之门下大通神秀，以弘法于北方，因称北宗，力主渐悟。北禅讲师，疑为以寺名代称。

按：《旧唐书》卷一百九十一《列传》第一百四十一《方伎·慧能》：“天下乃散传其道，谓神秀为北宗，慧能为南宗。”

④于，宜稼堂本同元刊本；四库本作“子”，形似而误。

⑤玉绳：星名，常泛指群星。

按：《晋书》卷五十一《列传》第二十一《束晰》：“岂若托身权戚，凭势假力，择栖芳林，飞不待翼，夕宿七娥之房，朝享五鼎之食，匡三正则太阶平，赞五教而玉绳直。孰若茹藿餐蔬，终身自匿哉。”唐温庭筠《更漏子》：“银烛尽，玉绳低，一声村落鸡。”宋苏轼《洞仙歌·冰肌玉骨》：“试问夜如何，夜已三更，金波淡、玉绳低转。”

⑥蝇头：指像苍蝇头那样小的字，用来比喻微小的利益。

按：宋苏轼《满庭芳》：“蜗角虚名，蝇头微利，算来著甚干忙。”宋范成大《念奴娇》：“世会少离多，都来名利，似蝇头蝉翼。”

⑦藏，宜稼堂本同元刊本；四库本作“载”，误。三藏，佛教经典的总称，分经、律、论三部分。

⑧麈尾是用兽毛、麻等扎成束，另配上象牙或木板制成长柄之器，被用作汉传佛教法器，象征扫除烦恼，说法或讲解经义时所用之物。魏晋时，清谈家还经常用麈尾来拂秽清暑，是显示身份的一种道具。

按：《晋书》卷四十三《列传》第十三《王戎·王衍》：“妙善玄言，唯谈《老》《庄》为事。每捉玉柄麈尾，与手同色。”晋陶潜《晋故征西大将军长史孟府君传》：“亮以麈尾掩口而笑。”

⑨悬知：料想，预知。

按：北周庾信《和赵王看伎诗》：“悬知曲不误，无事畏周郎。”宋陆游《闻武均州报已复西京》：“悬知寒食朝陵使，驿路梨花处处开。”

王澹游[1]墨竹

阴阴密叶铁钩锁，淡淡疏柯[2]水玉簪。
客向流离浑老尽，临风题笔望江南。

①王澹游，即王万庆，或作曼庆，字禧伯，号澹游，盖州熊岳人，书画家王庭筠之弟庭淡之次子，庭筠无子，过继为子。诗笔书画均有乃父之风。时论金人书画，以其父子为最，时人将其与宋之“二米”相提并论。

按：金元好问《王黄华墓碑》：“公既无子，以弟庭淡之次子万庆为之后，以荫补官，至行尚书省左右司郎中，文章、字画，能世其家。”

②疏柯：稀疏的树枝。这里指画家所画稀疏的竹叶。

按：唐杜甫《四松》：“幽色幸秀发，疏柯亦昂藏。”元柯九思《题黄荃蜀江秋净图》：“疏柯历历间青红，古渡何人相向立。”

次韵继学竹枝宛转词

长年久客学吴侬，应对嫦娥认妾容。
闻道秋来三十日，雪花飘处似深冬。

闻郎腰瘦寄当归①，望尽天边破镜②飞。
昨夜灯花圆似粟，倚门不肯③送郎衣。

宫罗叠雪捻金龙，郎去香奁手自封。
还家貂裘绵百结，教④妾今年两度缝。

年年河鼓⑤度天津，郎在滦阳见得真。
今夕定知郎到日，桂华浮魄满香轮。⑥

①当归：中药名，也称干归、马尾当归、秦归、马尾归、云归、西当归、岷当归等，此处借其谐音表达盼归的心情。

按：晋孙盛《杂记》：“初，姜维诣亮，与母相失，食得母书，令求当归。维曰：‘良田百顷，不在一亩，但有远志，不在当归也。’”唐张说《代书寄吉十一》：“口衔离别字，远寄当归草。”宋辛弃疾《瑞鹧鸪·京口病中起登连沧观偶成》：“山草旧曾呼远志，故人今又寄当归。”

②破镜：夫妇分离。

按：唐孟棨《本事诗·情感第一》：“陈太子舍人徐德言之妻，后主叔宝之妹，封乐昌公主，才色冠绝。时陈政方乱，德言知不相保，谓其妻曰：‘以君之才容，国亡必入权豪之家，斯永绝矣。倘情缘未断，犹冀相见，宜有以信之。’乃破一照，人执其半，约曰：‘他日必以正月望日卖于都市。我当在，即以是日访之。’”唐元稹《古决绝词》三首其二：“我自顾悠悠而若云，又安能保君皑皑之若雪？感破镜之分明，睹泪痕之余血。”

③不肯，宜稼堂本、四库本同元刊本；《元诗选》中“不肯”，一作“停去”。

④教，一作“叫”。

⑤星名，河鼓三星，属于牛宿，在牵牛北，也有说法认为河鼓即为牵牛。

按：《史记》卷二十七《天官书》第五：“牵牛为牺牲。其北河鼓。河鼓大星，上将；左右，左右将。婺女，其北织女。织女，天女孙也。”宋陈师道《题柱》二首其一：“桃李摧残风雨春，天孙河鼓隔天津。”

⑥此处有原注：约八月十五日抵京。

陈景仁都事[1]以诗惠酒次韵

闭门拥膝绝知闻，坏壁行蜗古篆文。
谁遣白衣[2]传剥啄，新诗如雪酒如云。
短发藤冠似晋贤[3]，瀛洲独坐思如泉。
明知白眼[4]轻余子，客至题诗视[5]屋椽[6]。

①景仁，宜稼堂本、四库本同元刊本，《诗渊》脱。陈景仁，字仲麟，元末明初嘉兴人，曾任都曹、都事等职。柳贯有《十二月七夜畏寒无寐，阅陈景仁都曹云南行卷，为和杂诗八首，用其韵而不用其意。盖景仁之作在赋咏，而予之狂言则发于兴比之间，要不必同也》，元同期其他诗人也有与陈景仁唱和之作。

②白衣：给官府当差的小吏。

按：《汉书》卷七十二《王贡两龚鲍传》第四十二："尚书使胜问常，常连恨胜，即应曰：'闻之白衣，戒君勿言也。奏事不详，妄作触罪。"唐高适《重阳》："岂有白衣来剥喙，亦从乌帽自欹斜。"

③晋贤：指以"竹林七贤"为代表的魏晋时期名士的狂放自傲的风气，后泛指标新立异的装束打扮。

④白眼：白眼相待，表示不屑。见《上京杂咏》"眼倍青"条注。

按：唐王维《过崔处士兴宗林亭》："科头箕踞长松下，白眼看他世上人。"

⑤视，宜稼堂本同元刊本；四库本作"似"，音近而讹。

⑥屋椽，指如椽巨笔，比喻卓越的文学才华或笔力雄健的文辞。

按：《晋书》卷六十五《列传》第三十五《王导·王珣》："珣梦人以大笔如椽与之，既觉，语人云：'此当有大手笔事。'俄而帝崩，哀册、谥议，皆珣所草。"

赠[①]翰林何生

残月疏星送晓钟，伊吾[②]声彻炯双瞳。

盛年事业须黄卷[③]，尽日交游谢碧筒[④]。

案上蟾蜍[⑤]承夜露，门前叱拨[⑥]立秋风。

君家居士多阴德，伫看鸡翘[⑦]列殿中。

①赠，宜稼堂本同元刊本，四库本作“题赠”。

②伊吾，即夷吾，指管仲，姬姓，管氏，名夷吾，字仲，谥敬，春秋时期齐国重要的政治家。

按：《孟子》卷一下《梁惠王章句上》：“舜发于畎亩之中，傅说举于版筑之间，胶鬲举于鱼盐之中，管夷吾举于士，孙叔敖举于海，百里奚举于市。”《史记》卷六十二《管晏列传》第二：“管仲夷吾者，颍上人也。……管仲既用，任政于齐，齐桓公以霸，九合诸侯，一匡天下，管仲之谋也。”

③黄卷：书籍。

按：晋葛洪《抱朴子外篇》卷二十五《疾谬》：“强张大谈，曰：‘杂碎故事，盖是穷巷诸生，章句之士，吟咏而向枯简，匍匐以守黄卷者所宜识，不足以问吾徒也。’”唐白居易《朝课》：“小亭中何有，素琴对黄卷。”宋陆游《客愁》：“苍颜白发入衰境，黄卷青灯空苦心。”

④碧筒，也作“碧筒杯”“碧桐杯”，一种用荷叶制成的饮酒器。

按：唐段成式《酉阳杂俎》前集卷七《酒食》：“历城北有使君林，魏正始中，郑公悫三伏之际，每率宾僚避暑于此。取大莲叶，置砚格上。盛酒三升，以簪刺叶，令与柄通，屈茎上轮菌如象鼻，传吸之，名为碧筒杯。”

⑤蟾蜍：形似蟾蜍的砚滴或砚台。

按：汉刘歆《西京杂记》卷六《广川王发古冢·晋灵公冢》：“唯玉蟾蜍一枚，大如拳，腹空，容五合水，光润如新，王取以盛书滴。”唐常衮《晚秋集贤院即事寄徐薛二侍郎》：“缀帘金翡翠，赐砚玉蟾蜍。”

⑥吔拨：一种良马的名字。

按：唐岑参《玉门关盖将军歌》："枥上昂昂皆骏驹，桃花吔拨价最殊。骑将猎向城南隅，腊日射杀千年狐。"宋李石《续博物志》卷四："天宝中，大宛进汗血马六匹：一曰红吔拨，二曰紫吔拨，三曰青吔拨，四曰黄吔拨，五曰丁香吔拨，六曰桃花吔拨。"

⑦鸡翘：鸾旗。帝王仪杖之一。

按：《后汉书·志第二十九·舆服上·法驾》："鸾旗者，编羽旄，列系幢旁，民或谓之鸡翘，非也。"唐李商隐《茂陵》："内苑只知含凤觜，属车无复插鸡翘。"

嗣天师①墨戏四绝

横塘野色深，耸身对秋水。
守独匪②自夸，感彼蜻蛉③子。

守雌气之母④，见一道之宗。
配合贵有得，丹光结芙蓉。⑤

二禽讵无知，秋声起天外。
芦枝为我旌，莲叶为我盖。⑥

万籁日恻恻，水花澹无踪。
孤鸿招不来，泛泛以自容。⑦

①自元忽必烈开始，官方正式承认“天师”的称号，在《制》文中称张宗演为“嗣汉三十六代天师”。对“天师”的世系记载，《元史》与其他资料记载有不一致之处。袁桷《开平第三集》作于至治元年，吴全节是至治二年嗣宗师，所以，此处的“天师”似乎应为三十八代天师张留孙。

按：《元史》卷八《本纪》第八《世祖五》：“遣兵部郎中王世英、刑部郎中萧郁，持诏召嗣汉四十代天师张宗演赴阙。”《元史》卷二十八《本纪》第二十八《英宗二》：“〔至治二年五月〕丙申，以吴全节为玄教大宗师，特进上卿。”

②匪，宜稼堂本同元刊本；四库本作“非”，亦通。

③蜻蛉，即蜻蜓，也称豆娘。此处有原注：枯莲孤鸳。

按：南朝齐谢朓《赠王主簿诗》二首其一：“蜻蛉草际飞，游蜂花上食。一遇长相思，愿寄连翩翼。”

④气母：元气的本原。

按：《庄子·内篇·大宗师》："夫道，有情有信，无为无形……狶韦氏得之，以挈天地；伏羲氏得之，以袭气母……"

⑤此处有原注：枯莲鸳鸯。

⑥此处有原注：芦荷水禽。

⑦此处有原注：芦荷孤凫。

果老[①]图

御气[②]如婴儿，变化能成形。
再过赵州桥，灭迹绝怪灵[③]。

①果老，中国传统文化中道家修行成仙的八位仙人之一。

按：《新唐书》卷二百四十《列传》第一百二十九《方技·张果》："张果者，晦乡里世系以自神，隐中条山，往来汾、晋间，世传数百岁人……帝更遣中书舍人徐峤赍玺书邀礼，乃至东都，舍集贤院，肩舆入宫。帝亲问治道神仙事，语秘不传。果善息气……恳辞还山，诏可。擢银青光禄大夫，号通玄先生。"

②御气：如同仙家乘风飞行。

按：《庄子·内篇·逍遥游》："夫列子御风而行，泠然善也。"北魏郦道元《水经注》卷三十四《江水二》："有时朝发白帝，暮到江陵，其间千二百里，虽乘奔御风，不以疾也。"宋苏轼《前赤壁赋》："浩浩乎如冯虚御风，而不知其所止。"

③指传说中张果老、柴王跟修赵州桥的鲁班打赌，赌输后倒骑毛驴的民间故事。

开平第四集　壬戌

开平第四集　壬戌[1]

至治二年三月甲戌，改除翰林直学士。四月乙丑，出健德门，买小车卧行。八日，至开平，舍于崇真宫。有旨：道士免扈从。宫中阒无人声。车驾五月中旬始至，书诏简绝，仅为祝文十三道。[2]悲愉感发，一寓于诗。而同院亦寡倡[3]和，率意为题，得一百篇。闰五月，上幸五台山，以实录未毕，趣史院官属咸还京。是月丁巳发，癸亥还寓舍。五月，滦阳大寒。闰月，道中大暑，观是诗者，亦足知夫驰驱之为劳，隐逸之为可慕也。六月丁卯朔，桷叙。

①元英宗至治二年，即1322年。

②此处有原注：已入内制。

③“倡”同“唱”。

按：《汉书》卷二十二《礼乐志》第二：“《安世房中歌》十七章，其诗曰：‘……《七始》《华始》，肃倡和声。神来宴娭，庶几是听。’”

端午日由车中抵开平客中三度端阳[①]怆然有怀

居庸昔日逢端午，[②]子规声声劝归去。
旧岁滦阳万寿宫[③]，九节菖蒲泛琼酯[④]。
今年车中饱掀簸，盲风北来雨如注。
沙坡马鬣[⑤]高下迎，土屋鱼鳞先后附。
旧家松篁百寻碧，檐卜花前石榴树。
停车俯首不得语，邻墙箫声杂驼鼓。
劳生[⑥]得意同蜗牛，奋臂[⑦]却行等蝇虎。

①作者于仁宗延祐元年、英宗至治元年以及本次至治二年分别扈跸上都，均在上都或于路途中度过端午节，前后共三次，因有此说。

②指仁宗延祐元年五月初三分院出京，端午到达居庸关。

③万寿宫，即崇真万寿宫，也称崇真宫。见前《上京杂咏》“崇真”条注。

按：《宋史》卷二十一《本纪》第二十一《徽宗三》：“辛未，改天下天宁万寿观为神霄玉清万寿宫。”

④琼酯：美酒。

按：唐徐皓《晦日宴高氏林亭》：“绮筵乘暇景，琼酯对年华。”宋朱敦儒《聒龙谣·凭月携箫》：“劝阿母、偏与金桃，教酒星、剩斟琼酯，醉归时、手授丹经，指长生路。”

⑤马鬣：原意为坟墓封土的一种形状，后指坟墓。

按：南朝梁任昉《述异志》：“松有两鬣、三鬣、七鬣者，言如马鬣形也。”唐李白《上留田行》：“蓬科马鬣今已平，昔之弟死兄不葬。”宋刘克庄《沁园春》：“叹苕溪渔艇，幽人孤往，雁山马鬣，吊客谁径？”

⑥劳生：谓人辛苦劳累的生活。

按：《庄子·内篇·大宗师》：“夫大块载我以形，劳我以生，佚我以老，息我以死。”唐张乔《江南别友人》：“劳生故白头，头白未应休。”宋王禹偁《惠山寺留题》：“劳生未了还东去，孤棹寒篷宿浪花。”

⑦奋臂：振臂而起，常指下决心或举大事。

按：汉贾谊《过秦论》：“是以陈涉不用汤武之贤，不藉公侯之尊，奋臂于大泽，而天下响应者，其民危也。”晋陆机《汉高祖功臣颂》：“奋臂云兴，腾迹虎噬。”元张翥《感兴》：“从来豪杰愿风尘，奋臂干戈肯顾身？”

崇真宫阒无一人经宗师[1]丹房惟蒲苗杨柳感旧有作

双斛青蒲苗，中庭绿杨枝。
门锁碧窗寂，徘徊心不怡。
辛勤四十载[2]，逢辰构崇基。
寒日淡无华，朔风助之悲。
想此鸾鹤[3]侣，长啸悟成亏。
往昔玉局[4]翁，言罢白云随。
怀贤感夙昔，悼念成涕洟。
夜梦忽邂逅，掀髯歌紫芝[5]。

①崇真宫，上都著名道观。此处所说宗师应为张留孙，他于至治元年辞世。至治二年诗人至上都，路经其丹房有感而发。

按：《元史》卷二百二十《列传》第八十九《释老·张留孙》：“至元十三年，从天师张宗演入朝，世祖与语，称旨，遂留侍阙下……帝后大悦，即命留孙为天师，留孙固辞不敢当，乃号之上卿，命尚方铸宝剑以赐，建崇真宫于两京，俾留孙居之，专掌祠事。”

②此诗作于至治二年，四十载之说应指崇真宫建立于至治二年，其间四十六年，取其整数为四十年。

③鸾鹤，相传均为仙人所乘，也借指神仙。

按：南朝宋汤惠休《楚明妃曲》：“骖驾鸾鹤，往来仙灵。含姿绵视，微笑相迎。”唐白居易《酬赵秀才赠新登科诸先辈》：“莫羡蓬莱鸾鹤侣，道成羽翼自生身。”

④玉局，道观名，在四川成都，传说李老君曾于此坐局脚玉床讲经，因而得名。

按：《资治通鉴》卷二百七十二《后唐纪一·庄宗光圣神闵孝皇帝上·同光元年》："彗星见舆鬼，长丈余。蜀司天监言国有大灾，蜀主诏于玉局化设道场。"宋彭乘《修玉局观记》："后汉永寿元年，李老君与张道陵至此，有局脚玉床自地而出，老君升坐，为道陵说《南北斗经》，既去而坐隐，地中因成洞穴，故以'玉局'名之。"宋苏轼《送戴蒙赴成都玉局观将老焉》："莫欺老病未归身，玉局他年第几人。"

⑤紫芝，此处指贤人。

按：《淮南子》卷二《俶真训》："巫山之上，顺风纵火，膏夏紫芝与萧艾俱死。"《旧唐书》卷一百一十八《列传》第六十八《杨炎》："丁忧，庐于墓前，号泣不绝声，有紫芝白雀之祥，又表其门闾。"

闲闲真人未至

崇真观里独徘徊，门锁蛛丝燕子猜。
玄度[1]来迟愁欲绝，为凭白鹤寄书催。

①玄度：晋清谈名士许询的字，后多代指人们所仰慕的清流名士。

按：《晋书》卷六十七《列传》第三十七《郗鉴·郗愔》：“会弟昙卒，益无处世意，在郡优游，颇称简默，与姊夫王羲之、高士许询并有迈世之风，俱栖心绝谷，修黄老之术。”南朝宋刘义庆《世说新语》卷中《品藻》第九：“孙兴公、许玄度皆一时名流。或重许高情，则鄙孙秽行；或爱孙才藻，而无取于许。”唐李颀《题璇公山池》：“此外俗尘都不染，惟余玄度得相寻。”

旧岁端阳与王吏部[1]同客滦阳因成七言奉寄

旧年同饮端阳酒，击钵联诗[2]日未斜。
我戴夫须[3]重出塞，君飘蹀躞独留家。
雪花带雨催前马，草色连空趁后车。
万里功名头竟白，张骞何事苦乘槎[4]。

①王吏部，似应为王士熙而非其父王构。王构，字肯堂，号安野，东平人，曾任吏部郎中。袁桷与王构、王士熙父子往来密切，唱和之诗颇多，但袁桷作品《寄王继学吏部》曾明言“青春王吏部，东阁久相陪”，从“相陪”字眼看，此人应是至治元年与袁桷同赴上都且“同邸”的王士熙。王士熙应于是年转吏部尚书。

②联诗，即联句吟诗，见前《至治癸亥八月望日同虞伯生马伯庸过枪竿岭马上联句》“联句”条注。

③夫须，即苔草，生于原野沼泽之地，多年生草本，根茎硬而扁平，叶呈带状，夏季抽穗开花，茎叶可编织蓑笠等。

按：《尔雅》卷八《释草第十三》：“苔，一名夫须……陆机云，旧说：‘夫须，莎草也，可以为蓑笠。’”

④乘槎：乘坐竹、木筏等，后比喻入朝做官。

按：晋张华《博物志》卷十：“天河与海通。八月有槎去来，海滨人乘槎而去，十余日至天河，见织女牵牛。”北周庾信《哀江南赋序》：“况复舟楫路穷，星汉非乘槎可上；风飙道阻，蓬莱无可到之期。”南朝梁宗懔《荆楚岁时记》：“汉武帝令张骞穷河源，乘槎经月至天河。”

寓舍玄卿[1]旧住今归龙虎山书壁言怀

明玕[2]出海见奇姿，价压连城[3]贾客知。
往岁曾为大鹏赋[4]，今秋且作小山词[5]。
黑头好景传杯[6]乐，白眼长年按剑疑。
君去我来同此榻，雁回何处写相思。

①玄卿，即元代诗人薛玄曦，玄卿为其字。

按：元黄溍《弘文裕德崇仁真人薛公碑》："公夙负才气，倜傥不羁，读书日记万言。"

②明玕：竹的别称。

按：晋陶潜《读〈山海经〉十三首》其三："亭亭明玕照，落落清瑶流。恨不及周穆，托乘一来游。"宋周紫芝《竹坡诗话》："盖明玕谓竹，清瑶谓水，与所谓'红皱晒檐瓦，黄团系门衡'者异矣。"

③连城，即连城璧，也比喻价值连城、极其珍贵的东西。与前"明玕"一词，均用来比喻薛玄卿修道高洁。

按：《史记》卷八十一《廉颇蔺相如列传》第二十一："赵惠文王时，得楚和氏璧。秦昭王闻之，使人遗赵王书，愿以十五城请易璧。"

④此处以李白遇道教大师司马承祯构思《大鹏遇稀有鸟赋》，来类比自己与薛玄卿的关系。

按：唐李白《大鹏赋序》："余昔于江陵，见天台司马子微，谓余有仙风道骨，可与神游八极之表。因著《大鹏遇稀有鸟赋》以自广。"

⑤晏几道，字叔原，号小山，北宋著名词人，有《小山词》传世。其作品的主要内容是追忆往昔的恋情，感伤人生的虚幻，词中多有梦境描写，以此反衬人生虚幻。

按：宋王灼《碧鸡漫志》卷二："贺方回、周美成、晏叔原、僧仲殊各尽其才力，自成一家……叔原如金陵王谢子弟，秀气胜韵，得之天然，将不可学。"

⑥传杯：宴饮中传递酒杯以劝酒。

按：唐杜甫《九日》五首其二："旧日重阳日，传杯不放杯。即今蓬鬓改，但愧菊花开。"

五月八日雨霰[①]

黑云转飞盖[②]，晴空落珠丸。
急响递疏密，跳踉杳无端。
仰视乌轮光，粲粲不可干。
阴晴界南北，咫尺分寒暄。
鲛人[③]有暗泪，乘阳涌冰澜[④]。
又疑天女下，百琲[⑤]随轻纨。
采之不满把，瞬息何弥漫。
东墙古杨枝，含思碧云寒。
留取宛转花，伏日为君看。

①雨霰：细雨和雪质的颗粒。

按：唐苏珽《长乐花赋》："冲雨霰之飞薄，任云山之险难。"宋苏轼《蝶恋花·微雪有人送求和遂以此答之》："帘外东风交雨霰，帘里佳人，笑语如莺燕。"

②飞盖，驰车，这里意指黑云快速阴合。

按：三国魏曹植《公宴》："清夜游西园，飞盖相追随。"

③鲛人，又名泉先、泉客，是中国古代神话传说中鱼尾人身的神秘生物。

按：晋干宝《搜神记》卷十二："南海之外有鲛人，水居如鱼，不废织绩。其眼泣则能出珠。"

④冰澜，指水中激起的大波浪。

⑤百琲，形容珍珠非常多的样子。

按：晋王嘉《拾遗记》卷九《晋时事》："又屑沉水之香，如尘末，布象床上，使所爱者践之，无迹者赐以真珠百琲，有迹者节其饮食，令身轻弱。"

开平昔贤有诗片云三尺雪一日四时天[1]曲尽其景遂用其语为十诗

茫茫广莫区，屈曲层城建。
昔云水云陂，伐木严筑键。[2]
寒沙杂软草，其下有冰片。
双龙赴魏阙[3]，云气时隐见。
巍峨中天居，百里见行殿。

唐皇极睿算[4]，忧边罢从军。
种松八百里，擘画疆理分。[5]
立象[6]有定数，后王[7]策奇勋。
千车昂头来，万灶生墨云。
天险尚莫恃，人谋安足云。

晓日出东门，寒光静相涵。
黑云何方来，玉妃[8]为之骖。
顷刻变昏昼，阴晴常日三。
宸居逼象纬[9]，荧煌斗司南。
世儒窘六合，邹子成虚谈。[10]

羲和[11]当中街，重裘惨颜色。
询彼住冬人，封户雪逾尺。
松烟暗疏箔[12]，罗坐围丈席。
南邻时相通，北门恍未识。
冰天与火井，受地各有职。

近山如雕鞍，远山如削铁。
涓涓落黄流，呜咽恨未雪。
坡陀下前坂，飒爽万境灭。
马嘶不肯行，沙寒草如茁。
毡庐峙前冈，一一望初月。

驾鹅帖云飞，下惧鹰眼疾。
空墟无鸦栖，坏穴见鼠出。
杨枝尚敛色，吐絮朝伏日。
羌巴[13]杂蛮獠[14]，异服状非一。
风土谅不同，删述[15]在史笔。

煌煌千贾区，奇货耀出日。[16]
方言互欺诋，粉泽变初质。
开张通茗酪，谈笑合胶漆。
忆昔关市宽[17]，崇墉[18]积如铚。
梯航际穷发[19]，均输[20]乃疏术。

城南水沮洳，饮之不盈匕。
远汲沙水甘，客云汝纵恣。
客竟遭河鱼[21]，投以百金剂。
箪瓢[22]乃真空，饰情[23]果为累。
狙公解朝暮，不复计三四。[24]

亭亭芍药枝，朱明[25]胜春时。
金莲与墨菊，兄弟相等推。
阳艳深摧藏[26]，后秀真奇姿。
盛时匪自弃，愿与松柏期。

有客同尔心，临风结长思。

焰焰[27]三伏日，沉沉九秋天。
雷鸣过床下，月出在树颠。
手持五采笔，直侍虚皇[28]前。
大以书龟图[29]，小以传瑶编[30]。
纶言[31]广圣泽，载歌千万年。

①“开平昔贤”为何人、“片云”诗句的出处均待考。

②金莲川草原地势低平，至今水沼错落，兴建元上都时，要把湖水排干，用石头、石灰、碎砖、木材等填平，熔铸锡等以便加固。键，宜稼堂本、《诗渊》同元刊本；四库本作“楗”。

按：袁桷《华严寺》自注：“殿基水泉沸涌，以木钉万枚筑之，其费巨万。”拉施特著，余大钧、周建奇译《史集》卷二：“在升起达一人之高后，再在上面铺上石板……在那石板上面，建造了一座中国风格的宫殿。”

③魏阙：古代宫门外两边高耸的楼观，因朝廷常在楼观下面公布法令，此处也借指朝廷。

按：《庄子·杂篇·让王》：“身在江海之上，心居乎魏阙之下，奈何？”唐元稹《酬友封话旧叙怀十二韵》：“魏阙何由到，荆州且共依。”

④睿算，指圣明的决策。

按：唐白居易《贺平淄青表》：“皇灵有截，睿算无遗。妖氛廓清，遐迩庆幸。”宋苏辙《颍滨遗老传》下：“凡如此类，皆先帝之睿算有利无害。”

⑤“种松八百里”指在很大范围内开采树木资源，主要用于烧火取暖。参见《伏日书怀二首》注释②。

⑥立象：取法万物的形象。

按：《周易》卷七《系辞上》：“子曰：圣人立象以尽意，设卦以尽情伪，系辞焉以尽其言，变而通之以尽利，鼓之舞之以尽神。”

⑦后王：指继前朝而后起之君主、天子。

按：《汉书》卷二十一上《律历志》第一上："周衰官失，孔子陈后王之法，曰：'谨权量，审法度，修废官，举逸民，四方之政行矣。'"

⑧玉妃，指雪花。

按：唐韩愈《辛卯年雪》："白帝盛羽卫，鬖髿振裳衣。白霓先启途，从以万玉妃。"唐杨万里《晴后再雪》："天上琼楼万玉妃，月宫学舞试云衣。霓裳未彻天风起，脑子花钿星散飞。"

⑨象纬，即象数谶纬，也指星象经纬，后又指日月五星。

按：晋王嘉《拾遗记》卷二《殷汤》："师延者，殷之乐人也。设乐以来，世遵此职，至师延，精述阴阳，晓明象纬，莫测其为人。"唐杜甫《游龙门奉先寺》："天阙象纬逼，云卧衣裳冷。"

⑩邹子，即邹衍，主要秉持"五行说""五德终始说"和"大九州说"等学说，可谓"尽言天事"，时人称其"谈天衍"。

按：《汉书》卷三十《艺文志》第十："《邹子》四十九篇（名衍，齐人，为燕昭王师，居稷下，号谈天衍）。"唐徐坚《初学记》卷二《天部》下《霜第三》："琴操，履霜操者，伯奇之所作也。伯奇，尹吉甫之子也。甫听其后妻之言，疑其孝子伯奇，遂逐之。伯奇编水荷而衣之，采蘋花而食之。清朝履霜，而自伤无罪见放逐，乃援琴而鼓之。"汉刘安《淮南子》卷六《览冥训》："邹衍事燕惠王尽忠，左右谮之，仰天而哭。夏五月，天为降霜。"

⑪羲和：传说中的太阳神。

按：《后汉书》卷五十二《崔骃列传》第四十二《崔骃》："愍余生之不造兮，丁汉氏之中微。氛霓郁以横厉兮，羲和忽以潜晖。"唐李白《长歌行》："大力运天地，羲和无停鞭。"唐李贺《秦王饮酒》："羲和敲日玻璃声，劫灰飞尽古今平。"

⑫疏箔：稀疏的竹帘。

按：宋曾巩《西楼》："海浪如云去却回，北风吹起数声雷。朱楼四面钩疏箔，卧看千山急雨来。"宋秦观《同子瞻端午日游诸寺赋得深字》："清磬发疏箔，妙香横素襟。"

⑬羌，即古羌，是古时对我国西部、西南部游牧部落的泛称。巴，古族名，

大致分布在今重庆及周边地区。羌巴，此处指西南少数民族。

按：《后汉书》卷八十七《西羌传》第七十七：“西羌之本，出自三苗，姜姓之别也。其国近南岳。及舜流四凶，徙之三危，河关之西南羌地是也。滨于赐支，至乎河首，绵地千里。赐支者，《禹贡》所谓析支者也。南接蜀、汉徼外蛮夷，西北〔接〕鄯善、车师诸国。所居无常，依随水草。”《山海经》卷十八《海内经》：“西南有巴国。大皞生咸鸟，咸鸟生乘厘，乘厘生后照，后照是始为巴人。”

⑭蛮獠：古代对南方少数民族的蔑称。

按：《晋书》卷八十四《列传》第五十四《殷仲堪》：“致令巴、宕二郡为群獠所覆，城邑空虚，士庶流亡，要害膏腴皆为獠有。今远虑长规，宜保全险塞。又蛮獠炽盛，兵力寡弱，如遂经理乖谬，号令不一，则剑阁非我保，丑类转难制。”

⑮删述，即著述。相传孔子序《书》删《诗》，又自称“述而不作”，故有“删述”之说。

按：南朝梁刘勰《文心雕龙》卷一《宗经》第三：“皇世三坟，帝代五典，重以八索，申以九邱；岁历绵暖，条流纷糅。自夫子删述，而大宝咸耀。”唐李白《古风》二首其一：“我志在删述，重辉映千春。”

⑯这两句描述的是上都城市商贸的繁盛景象。

按：元虞集《贺忠贞公墓志铭》：“自谷粟布帛，以至纤靡奇异之物，皆自远至。官府需用万端，而吏得以取具无阙者，则商贾之资也。”

⑰上都城的东、南、西、北均有关厢。据考古资料：上都城的东关长约八百米，西关长约一千米，南关长约六百米。

按：魏坚《元上都》：“〔东关〕位于皇城东墙的东门和小东门外。南侧有闪电河相隔，东北绵延至小元山子以东，东西宽约1300米，南北长约2000米……〔南关〕地处元上都南侧护城河以南的闪电河两岸……南北宽约800米，东西长约1500米……西关偏南处有一条东西向大街〔西关大街〕，长约1000米，宽10米，直通至城西的铁幡竿渠旁……〔北关〕位于外城北墙外，往北近2000米为东西横亘的龙冈，山下地势平坦，东西宽约2500米。”

⑱崇墉：高墙，高城。

按：《元史》卷七十四《志》第二十五《祭祀三·宗庙上》："筑崇墉以环其外，东西南开棂星门三，门外驰道，抵齐化门之通衢。"

⑲穷发，也作"穹发""穷发之北"，指极北不毛之地。

按：《庄子·内篇·逍遥游》："穷发之北有冥海者，天池也。"《宋书》卷二十九《志》第十九《符瑞下》："穷发纳贡，九译导言。"

⑳均输，指汉武帝实行的一项经济措施：在大司农属下设均输令、丞，统一征收、买卖和运输货物。宋王安石变法在神宗熙宁二年（1069）实行均输法，授权主管六路财赋和茶、盐、矾、酒税的发运使，凡朝廷所需之货物，尽量在廉价处或近地收购，存储备用。

按：汉桓宽《盐铁论》卷一《本议》第一："大夫曰：'往者，郡国诸侯各以其方物贡输，往来烦杂，物多苦恶，或不偿其费。故郡国置输官以相给运，而便远方之供，故曰'均输'。"《宋史》卷三百二十七《列传》第八十六《王安石》："均输法者，以发运之职改为均输，假以钱货，凡上供之物，皆得徙贵就贱，用近易远，预知在京仓库所当办者，得以便宜蓄买。"

㉑河鱼，即河鱼腹疾，也作"河鱼之疾"，指腹泻。

按：《左传·宣公十二年》："河鱼腹疾奈何？"宋苏轼《与冯祖仁书》："到韶累日，疲于人事，又苦河鱼之疾，少留调理乃行。"

㉒箪瓢：盛饭食的箪和盛水的瓢，也借指饮食。后形容虽生活俭朴，但安贫乐道的状态。

按：《论语》卷六《雍也》第六："子曰：'贤哉，回也！一箪食，一瓢饮，在陋巷，人不堪其忧，回也不改其乐。贤哉，回也！'"宋刘辰翁《读杜拾遗百忧集行有感》："陋巷箪瓢如素居，不管茅茨春雨湿。"

㉓饰情，即掩饰自己的真心本意，行为矫揉造作。

按：《后汉书》卷四十四《邓张徐张胡列传》第三十四："赞曰：'邓、张作傅，无咎无誉。敏正疑律，防议章句。胡公庸庸，饰情恭貌。朝章虽理，据正或桡。'"

㉔三四，即朝三暮四。

按：《庄子·内篇·齐物论》："狙公赋芧曰：'朝三而暮四。'众狙皆怒。曰：'然则朝四而暮三。'众狙皆悦。名实未亏而喜怒为用，亦因是也。"

㉕朱明：夏季。

按：《汉书》卷二十二《礼乐志》第二："朱明盛长，敷与万物，桐生茂豫，靡有所诎。"

㉖摧藏，最早见于《古诗为焦仲卿妻作》："未至二三里，摧藏马悲哀。"意为极度伤心。后也有收敛、隐藏之意。

按：宋陆游《夜坐示桑甥十韵》："大巧谢雕琢，至刚反摧藏。"

㉗焰焰，四库本、《诗渊》同元刊本；宜稼堂本作"皎皎"，形似而误。

㉘虚皇：道教神名，指的是高上虚皇君。

按：南朝梁陶弘景《许长史旧馆坛碑》："并证心清，俱漏身浊。离有离无，且华且朴。结号虚皇，筌法正觉。"

㉙龟图：相传在尧帝时，有龟负图来投，尧命臣下写取告瑞应，然后放归。

按：《纬攟·龙鱼河图》："尧时与群臣到翠妫之川，大龟负图来投尧，尧敕臣下写取告瑞应，写毕龟还水中。"《史记》卷一百二十八《龟策列传》第六十八："凡八名龟。龟图各有文在腹下，文云云者，此某之龟也。略记其大指，不写其图。"

㉚瑶编，即珍贵的书册，也可作为书籍的美称。

按：唐李峤《为百僚贺瑞石表》："考皇图于金册，搜瑞典于瑶编，则有虫蠹成文，鱼鳞吐匣，丹书集于昌户，绿错荐于尧坛。"

㉛纶言：指帝王的诏令。

按：《礼记》卷三十三《缁衣》："王言如丝，其出如纶。王言如纶，其出如綍。"

南望

急霰轻雷五月天[①]，觥船[②]手把趣装绵。
燕山南望十三驿[③]，红杏枝头别有天。

①天，宜稼堂本同元刊本；四库本作“迁”，误。霰：空中降落的小冰粒。

按：晋陶渊明《归园田居》五首其二：“常恐霜霰至，零落同草莽。”唐张若虚《春江花月夜》：“江流宛转绕芳甸，月照花林皆似霰。”

②觥船：容量大的饮酒器。

按：唐杜牧《题禅院》：“觥船一棹百分空，十岁青春不负公。”宋陆游《戏酒戏作》：“乱插酴醾压帽偏，鹅黄酒色映觥船。”

③十三驿：路上的独石口至偏岭间路段属于燕山山脉，至此驿路已途经健德门至赤城等十三座驿站，北上则为草原。事实上，元代大都至上都驿站，时有增减，应是作者随扈上都时，至此经历了十三座驿站。

天鹅曲

天鹅颈瘦身重肥，夜宿官荡群成围。
芦根喋喋水蒲滑，翅足蹩曳难轻飞。
参差旋地数百尺，宛转培风①借双翮。
翻身入云高帖天，下陋蓬蒿去无迹。
五坊②手擎海东青③，侧眼光透瑶台层。
解绦脱帽穷碧落，以掌疾掴东西倾。
离披交旋百寻衮，苍鹰助击随势远。
初如风轮舞长竿，末若银球下平坂。
蓬头喘息来献官，天颜一笑催传餐。
不如家鸡栅中生死守，免使羽林春秋④水边走。

①培风：乘风。

按：《庄子·内篇·逍遥游》："风之积也不厚，则其负大翼也无力。故九万里，则风斯在下矣，而后乃今培风。"宋陈亮《陈同甫抱膝斋》二首其二："培风鹏未高，弱水海不纳。"

②五坊：唐代为皇帝饲养雕、鹘、鹞、鹰、狗等，以供皇帝狩猎之需的机构。本诗中应指元代的打捕鹰房。

按：《新唐书》卷四十七《志》第三十七《百官二·殿中省》："闲厩使押五坊，以供时狩：一曰雕坊，二曰鹘坊，三曰鹞坊，四曰鹰坊，五曰狗坊。"《旧唐书》卷一百七十《列传》第一百二十《裴度》："宣徽院五坊小使，每岁秋按鹰犬于畿甸，所至官吏必厚邀供饷，小不如意，即恣其须索，百姓畏之如寇盗。"《元史》卷八十五《志》第三十五《百官一·兵部》："管领随路打捕鹰房民匠总管府，秩从三品……中统二年始置。至元十二年，阿八合大王遣使奏归朝廷，隶兵部。"《续资治通鉴》卷四十七《宋纪》四十七《仁宗体天法道极功全德神文圣武睿哲明孝皇帝·五年》："自真宗封禅之后，不复校猎，废五坊之职。"

③海东青：学名鹘应，一种凶猛而珍贵的鸟，属雕类，也称海东青，即肃慎语当中的“雄库鲁”，意为世界上飞得最高和最快的鸟，有“万鹰之神”的意思。传说十万只神鹰当中才出一只“海东青”，是肃慎族的最高图腾，代表勇敢、智慧、坚忍、正直、强大、开拓、进取、永远向上、永不放弃等精神。产于黑龙江下游及附近海岛，元代驯养用于捕猎。

按：宋庄绰《鸡肋编》卷下：“鸷禽来自海东，唯青鸡最嘉，故号‘海东青’……后辽国求于女真，以致大乱，由此鸟也。”《元史》卷五十九《志》第十一《地理二·辽阳等处行中书省·合兰府水达达等路》：“有俊禽曰海东青，由海外飞来，至奴儿干，土人罗之，以为土贡。”宋顾逢《海东青》：“相传产海东，不与众禽同。两翅飞腾去，层霄顷刻中。转眸明似电，追马疾如风。坠得天鹅落，人皆指远空。”

④羽林春秋：辽代契丹人所讲究的四时捺钵。“捺钵”的原意即辽代帝王的行营，契丹皇帝每年随季节变化到各地游猎巡察，并处理国家大事，逐渐作为国家的重要政治制度确定下来，即四季捺钵制度。辽代人把春秋捺钵地点通称“春水”“秋山”，即春猎之水、秋猎之山。后用以指春秋狩猎。

按：《辽史》卷三十二《志》第二《营卫志中·行营》：“辽国尽有大漠，浸包长城之境，因宜为治。秋冬违寒，春夏避暑，随水草就畋渔，岁以为常。四时各有行在之所，谓之‘捺钵’。”宋庞元英《文昌杂录》卷六：“北人谓住坐处曰‘捺钵’，四时皆然，如春捺钵之类是也，不晓其义。近者，彼国中书舍人王师儒来修祭奠，余充接伴使，因以问，师儒答云：‘是契丹家语，犹言行在也。’”

李老峪山水深类先公[①]墓田左右悠然白云之思[②]

积翠发层峦，恍然家山图。
阴窦水屈曲，古树云扶疏。
是时月新出，归雁飞踌躇。
疑我久离乡，问我今何如。
云昔所种松，灵籁[③]吹笙竽。
总角守庭训[④]，六籍[⑤]师鸿儒[⑥]。
幸以铅椠[⑦]勤，三入承明庐[⑧]。
风景果有似，举目谅不殊。
信美非我土，誓言敢终渝。

①先公，指袁桷之父袁洪。

按：袁桷等《延祐四明志》卷五《人物考·袁洪》：“至元十五年，入觐，世祖皇帝召见，授朝列大夫，同知邵武路总管府事，改温州，并以疾作辞。”袁桷《先大夫行述》：“大德二年，改授处州路同知，命下而公已捐馆，实是岁二月十有八日，享年五十有四。”

②白云之思：比喻思亲。

按：《旧唐书》卷八十九《列传》第三十九《狄仁杰》：“其亲在河阳别业，仁杰赴并州，登太行山，南望见白云孤飞，谓左右曰：‘吾亲所居，在此云下。’瞻望伫立久之，云移乃行。”

③灵籁：优美动听的乐音，或指大自然当中的风声等。

按：宋苏轼《雷岩诗》：“空岩发灵籁，仿佛如风雷。”元王冕《赠蒋清隐》：“灵籁泠泠动清操，世外红尘飞不到。”

④袁桷家学渊源，七岁就开始学习《诗》《书》《论语》《孟子》等经书。

按：袁桷《忆昔三首》其二：“七岁诵诗书，十龄学词章。驶寻志学岁，折节师老苍。”又，袁桷《立碑告墓祝文》：“七岁，《诗》《书》《语》

《孟》，皆已诵习。”

⑤六籍，即六经。

按：唐张守节《〈史记〉正义序》：“六籍九流，地里苍雅，锐心观采，评《史》《汉》，诠众训释而作正义。”

⑥袁桷之父袁洪凭借家族雄厚的财力，曾聘请一些大儒到袁氏私塾任教，袁桷十二岁师事王应麟，十三岁师事戴表元，二十岁师事胡三省等，奠定了深厚的学问基础。

按：明黄宗羲《宋元学案》卷八十五《深宁学案·剡源门人·文清袁清容先生桷》：“袁桷，字伯长，鄞县人，越公韶之曾孙也。为童子时，已著声。部使者举茂才异等，起为丽泽书院山长。大德初，阎复、程文海、王构荐为翰林国史院检阅官。”

⑦铅椠：古人书写文字所用工具。铅，铅粉笔；椠，木板片。这里代指写作、校勘。

按：《旧唐书》卷一百二十《列传》第五十二《萧直》：“家聚书二万卷，皆自校定铅椠，虽御府不逮也。”晋葛洪《西京杂记》卷三《扬子云裨补輶轩所载》：“扬子云好事，常怀铅提椠，从诸计吏，访殊方绝域四方之语，以为裨补輶轩所载，亦洪意也。”

⑧承明庐：承明殿旁的房屋，因侍臣值宿所居，称承明庐。这里指多次入侍。

按：《汉书》卷六十四上《严朱吾丘主父徐严终王贾传》第三十四上《严助》：“君厌承明之庐，劳侍从之事，怀故土，出为郡吏。”汉应璩《百一诗》其一：“问我何功德，三入承明庐。”唐李贺《客游》：“不谒承明庐，老作平原客。”

偶　成①

午雷婴儿声，晚月大士②面。
顷刻备四时，阴晴足千变。
空斋袭重裘，尘壁委团扇。
昔为居养移③，今愧筋骸倦。

①偶成，宜稼堂本、四库本同元刊本；《诗渊》作“云边偶成”，误。

②大士：佛教当中称佛或菩萨，也泛指高僧。

按：南朝齐周颙《重答张长史书》：“夫大士应世，其体无方，或为儒林之宗，或为国师道士，斯经教之成说也。”宋释道诚《释氏要览》卷上《称谓·上士》：“《瑜伽论》云：‘无自利、利他行者，名下士。有自利、无利他者，名中士。有二利，名上士（上士具二利，有大心大行，亦名大士）’。”

③居养：衣食供应。宋代各地设有居养院，为饥民提供基本衣食。这里是指过去一直在为生活、地位而奔波不已。

按：《孟子》卷十三下《尽心章句上》：“孟子自范之齐，望见齐王之子，喟然叹曰：‘居移气，养移体，大哉居乎！夫非尽人之子与？’”《宋史》卷十九《本纪》第十九《徽宗一》：“九月戊子，京师置居养院以处鳏寡孤独，仍以户绝财产给养。”

鳌峰石①

劫风②吹沫孕玲珑，度海鞭霆驾六龙。
声合八音③惊俗耳，重均九鼎动天容。
空庭露冷珠玑绽，阿阁④云开锦绣封。
匝匝金莲随地拥，似催夜直佩玐瑢。⑤

①鳌峰石：翰林院中所立景观石，代指翰林院。

按：清鄂尔泰、张廷玉等《词林典故》卷六下："元国史院庭中有鳌峰石，马祖常诗：'阁铃不响文书静，相对鳌峰日赋诗。'"

②劫风：佛教语，坏劫之末有水、风、火三劫灾，劫风即其中之风灾。

按：宋沈括《梦溪笔谈》卷十七《书画》："画工画佛身光，有匾圆如扇者，身侧则光亦侧，此大谬也。渠但见雕佛耳，不知此光常圆也。又有画行佛，光尾向后，谓之顺风光，此亦谬也。佛光乃定果之光，虽劫风不可动，岂常风能摇哉？"

③八音：我国古代对乐器的统称，通常按材质分为金、石、丝、竹、匏、土、革、木。后也泛指音乐。

按：晋葛洪《抱朴子外篇》卷三十八《博喻》："故离朱剖秋毫于百步，而不能辩八音之雅俗；子野合通灵之绝响，而不能指白黑于咫尺。"

④阿阁：四面都有檐溜的楼阁。

按：《尸子》卷下："泰山之中有神房阿阁帝王录。"《古诗十九首·西北有高楼》："交疏结绮窗，阿阁三重阶。"

⑤此处有原注："石下皆金莲花。"宜稼堂本、四库本同元刊本；《诗渊》脱此注。玐瑢：佩玉碰撞的声音。

按：宋陈师道《观兖文忠公家六一堂图书》："缅怀弁服士，酬献鸣玐瑢。"

子规词三首

不如归去，
君家南山松万树。
我欲送君归，
怜汝岁上滦阳①路。

去不如归，
江南春深笋蕨肥。
笋蕨肥，
子苦饥。
见子手持一片冰，
下马坐看白云飞。

归去不如，
我是蜀王魄化声呱呱。
君不归，
请看钱塘雪浪千尺帆，
踏歌起舞去复还。

①滦阳：古县名，在今河北省唐山市迁西县西北，地处滦河之阳。滦阳在袁桷笔下多次出现，是大都至上都的必经之地。

按：《清一统志》卷十四《永平府》："滦阳，故城在迁安县西北。辽于今喜峰口外置泽州，治神山县，又于此置滦河县属焉……元复改置滦阳县，为惠州来治。"

卢彦威[1]与余同为待制下世已八年睹行院题名旧迹感怆写情

长髯黑发佩鸣珂，嗜饮常持金叵罗[2]。
诗艳欲追长吉制，[3]词新深爱小蛮[4]歌。
凤池[5]联辔情偏重，鸾镜重妆病已魔。[6]
题壁凄凉悲二妙[7]，元公近亦葬山阿[9]。

①卢亘（1273—1314），字彦威，濮阳人，因拟著《滕王阁记》，受知于姚燧，荐为国史院编修，后以待制卒。有《彦威集》。

按：陈衍《元诗纪事》卷十《卢亘》："亘，字彦威，汲郡人，元贞间，姚燧荐为国史院编修，官至翰林待制。"

②金叵罗：金制的盛酒器具。

按：《北齐书》卷三十九《列传》第三十一《祖珽》："后为神武中外府功曹，神武宴僚属，于坐失金叵罗，窦泰令饮酒者皆脱帽，于珽髻上得之，神武不能罪也。"唐李白《对酒》："葡萄酒，金叵罗，吴姬十五细马驮。"

③此句是指卢彦威的诗歌风格瑰丽，有唐代诗人李贺之风。李贺，字长吉，唐代著名浪漫主义诗人，被称"诗鬼"。其诗作想象奇谲，词采瑰丽，变幻莫测。

按：元辛文房《唐才子传》卷五上《李贺》："贺，字长吉，郑王之孙也。七岁能辞章，名动京邑……贺父名晋肃，不得举进士……旦日出，骑弱马，从平头小奴子，背古锦囊，遇有所得，书置囊里，凡诗不先命题，及暮归，太夫人使婢探囊中，见书多，即怒曰：'是儿要呕出心乃已耳！'上灯，与食，即从婢取书，研墨叠纸足成之……贺诗稍尚奇诡，组织花草，片片成文，所得皆惊迈，绝去翰墨畦径，时无能效者……死时才二十七，莫不怜之。"

④小蛮：唐代诗人白居易的家姬。据说白居易对家中小蛮和樊素这两位家姬宠爱有加。

按：唐孟棨《本事诗・事感第二・一树春风万万枝》："白尚书姬人樊素善

歌，妓人小蛮善舞。尝为诗曰：‘樱桃樊素口，杨柳小蛮腰。’”宋黄庭坚《采桑子》：“虚堂密候参同火，梨枣枝繁。深锁三关。不要樊姬与小蛮。”

⑤凤池：也称凤沼、凤凰池，禁苑中的池沼。魏晋南北朝时设中书省于禁苑，掌管机要，接近皇帝，所以称中书省为“凤凰池”。唐代也多用凤凰池来指代宰相职位。

按：《晋书》卷三十九《列传》第九《荀勖》：“勖久在中书，专管机事。及失之，甚罔罔怅恨。或有贺之者，勖曰：‘夺我凤凰池，诸君贺我邪！’”南朝齐谢朓《直中书省》：“兹言翔凤池，鸣佩多清响。”宋柳永《望海潮》：“异日图将好景，归去凤池夸。”

⑥此处有原注：彦威再醮一日，即病以终。

⑦二妙，指同时以才艺著名的二人，一妙指卢彦威，另一妙根据“元公”称谓及后面一诗，即应指元明善。

⑧指元明善于至治二年去世之事，诗人与元明善曾同任职于集贤院，交谊深厚，至治二年四月再赴上都时，元明善已去世。

按：《元史》卷一百八十一《列传》第六十八《元明善》：“元明善，字复初，大名清河人。其先盖拓跋魏之裔，居清河者……升翰林学士，修《仁宗实录》。英宗亲祼太室，礼官进祝册，请署御名，命明善代署者三，眷遇之隆，当时莫并焉。至治二年，卒于位。”

元复初学士旧岁同官集贤会于上都改除翰林学士见其饮酒数十觥倍常时今年以疾卒不起[1]睹行院题壁为四韵以挽

慷慨论交二十年，深惭经术荷推先。

龟趺[2]林立毛锥[3]秃，麟笔[4]星垂汗简传。

直以旷怀招侧目，肯于凡品说齐肩。

旧闻苏李[5]曾生别，行院重来倍泫然。

①元明善于至治二年二月去世，袁桷于当年四月赴上都。

按：元马祖常《翰林学士元文敏公神道碑》："翰林学士清河元公，以至治二年壬戌二月七日薨于位。"

②龟趺：碑下的龟形石座。

按：唐张说、张九龄等《唐六典·尚书礼部卷第四·礼部尚书·侍郎》："碑碣之制，五品已上立碑（螭首龟趺，趺上高不过九尺）；七品已上立碣（圭首方趺，趺上高不过四尺）。"

③毛锥，毛笔的别称，因其形如锥，束毛而成，得名毛锥；又因材质不同而有区别，如鼠毫、狼毫等。

按：《旧五代史》卷一百七十《汉书》卷九《列传》第四《史弘肇》："弘肇又厉声言曰：'安朝廷，定祸乱，直须长枪大剑，至如毛锥子，焉足用哉！'三司使王章曰：'虽有长枪大剑，若无毛锥子，赡军财富，自何而集？'"

④孔子作《春秋》，绝笔于获麟，因此后来便称史官之笔为"麟笔"。

按：唐王勃《梓州元武县福会寺碑》："若夫考龙图而括运，抚麟笔以伤时，天地闭而贤人隐，周孔逝而微言绝。"唐卢纶《和常舍人晚秋集贤院即事十二韵寄赠江南徐薛二侍郎》："麟笔删金篆，龙绡荐玉编。汲书萄勖定，汉史蔡邕专。"

⑤苏武、李陵是好朋友，苏武出使匈奴，单于曾派李陵劝降苏武，二人始终饮酒。后苏武归汉，二人作河梁之别，也指终生之别。

潘景梁学士同在集贤朝夕与余论宏词源委后俱罢去新政肇更皆得复入旧岁同会上都景梁还都不一月下世仆忝入翰林过视草堂有感

銮坡[①]清切平生志，粉省[②]乌台谢不能。
夜剔兰灯[③]书叶乱，冻呵铁砚墨花凝。
蚁穿九曲[④]谁传授，蜩化枯枝[⑤]果变腾。
欲说玄机吾岂敢，碧天云黯唤难应。

①銮坡，也作“鸾坡”，翰林院的别称。唐德宗时，曾移学士院于金銮殿旁的金銮坡上，后便用“銮坡”来代指翰林院。

按：宋叶梦得《石林燕语》卷五：“俗称翰林学士为‘坡’，盖唐德宗时尝移学士院于金銮坡上，故亦称‘銮坡’。唐制，学士院无常处，驾在大内，则置于明福门；在兴庆宫，则置于金明门，不专在翰林院也。”宋王安石《送郓州知府宋谏议》：“纶掖清光注，銮坡茂渥沾。文明诚得主，政瘼尚烦砭。”宋管鉴《水调歌头·次韵以谢一雨洗烦溽》：“叹君才，方进用，岂容休。銮坡凤沼，情知不为蜀人留。便恐升沉各异，后日相逢无处，别语易成愁。”

②粉省：尚书省。此二句后有原注：尝除尚书行台侍御，皆不乐，意在承旨。

按：宋李昉等《太平御览》卷二百一十五《职官部》十三《摠叙尚书郎》：“省皆胡粉涂画古贤人烈女，郎握兰含香，趋走丹墀奉事。”宋黄庭坚《黄颍州挽词》三首其三：“粉省双飞入，泉台相与归。”

③兰灯：古代一种精致的灯具。

按：《南齐书》卷三十六《列传》第十七《刘祥》：“盖闻良宝遇拙，则奇文不显；达士逢谗，则英才灭耀。故坠叶垂荫，明月为之隔辉；堂宇留光，兰灯有时不照。”唐韦应物《郡斋卧疾绝句》：“香炉宿火灭，兰灯宵影微。”

④九曲：有人得九曲宝珠，不能穿，孔子以涂脂于线的办法教之，使蚂蚁穿线通过。后用来比喻用巧妙的办法做比较麻烦的工作。

按：唐杨涛《蚁穿九曲珠赋》："蚁为质兮微眇，珠有窍而虚圆，苟一缕之是系，虽九曲而可穿。"宋陆游《游淳化寺》："蚁穿珠九曲，蜂酿蜜千房。"

⑤枯枝：原意是指干枯的树枝，此指下棋时全神贯注，神游九天，形若枯枝。

按：宋黄庭坚《弈棋二首呈任渐》其二："偶无公事客休时，席上谈兵校两棋。心似蛛丝游碧落，身如蜩甲化枯枝。"宋黄庭坚《午寝》："春蚕眠巨箔，夏蜩化枯枝。"宋梅尧臣《观扱兔》："枯枝坐守者，若个是忘归。"

客舍书事八首

客景真愁绝，凄凉倍旧年。
草穿沙背缩，云住屋头偏。
灶冷厨烟湿，窗低檐霤悬。
畏寒难出户，尽日得高眠。

日永空庭净，清斋罢煮茶。
无羊①谁阅市②，有客共思家。
巷近逢归马，门闲数过车。
衰年行六十③，那得老风沙。

愁极吟肩耸，尘深望眼迷。
屋随冰上下，山趁雪高低。
干酪瓶争挈，生盐斗可提。
日斜看不足，蹋舞共扶携。

蟾影④穿窗矗，龙光拂席流。
凄清三伏暑，淅沥九天秋。
水恶停泥井，冰坚宿瓦沟。
年年游上国，那识望乡愁。

问俗过闾里，凄凉说住冬。
冻瓶粘在手，暖扇缚当胸。
雪急籧篨⑤响，风高榾柮⑥松。
寒更传警夜，飞骑急憧憧。

禁堞防危石，官衢漾浅沙。
犬能搜兔窟，马解避驼车。
童剪青蔬甲[⑦]，僧分墨菊芽。
飘零堪慰藉，小雨垫乌纱。

宿雾成疏雨，寒蓬卷细尘。
云飞疑到地，草长不知春。
香几蜂喧密，寒房燕语真。
白头关塞外，犹作未归人。

灯影微微焰，钟声隐隐清。
归鸿天际度，去骑月边行。
久客心无着，微醺梦易成。
揽衣中夜起，北斗正南横。

①无羊：描述牛羊繁盛的情景。

按：《诗经·小雅·无羊》："谁谓尔无羊？三百维群。谁谓尔无牛？九十其犉。"唐骆宾王《同辛簿简仰酬思玄上人林泉》四首其一："有蝶堪成梦，无羊可触藩。"

②阅市：勤奋好学。

按：《后汉书》卷四十九《王充王符仲长统列传》第三十九《王充》："王充字仲任，会稽上虞人也……家贫无书，常游洛阳市肆，阅所卖书，一见辄能诵忆，遂博通众流百家之言。"元辛文房《唐才子传》卷八《汪遵》："家贫借书，以夜继日，古人阅市偷光，殆不过此。"

③这一年为至治二年，袁桷五十八岁。

④蟾影：月影，月光。

按：唐徐晦《海上生明月赋》："水族将蟾影交驰，浪花与桂枝相送。凝目是远，赏心斯众。苟佳景之必存，孰良辰之不共。”唐张子容《璧池望秋月》：“蟾影摇轻浪，菱花渡浅流。”

⑤籧篨：粗竹席。

按：《隋书》卷二十五《志》第二十《刑法》：“帝尝幸金凤台，受佛戒，多召死囚，编籧篨为翅，命之飞下，谓之放生。坠皆致死，帝视以为欢笑。”《元史》卷六十五《志》第十七上《河渠二·盐官州海塘》：“江浙省并庸田司官修筑海塘，作竹籧篨，内实以石，鳞次垒叠以御潮势……”

⑥榾柮：木柴块，树根疙瘩，可代炭用。

按：唐贯休《深山逢老僧》二首其一：“衲衣线粗心似月，自把短锄锄榾柮。青石溪边踏叶行，数片云随两眉雪。”宋陆游《霜夜》二首其二：“榾柮烧残地炉冷，喔咿声断天窗明。”

⑦蔬甲：蔬菜刚长出的嫩芽。

按：宋梅尧臣《晴》：“风扫天如鉴，云开日似萍。苑花犹带湿，蔬甲已微青。”宋张耒《二月二日挑菜节大雨不能出》：“想见故园蔬甲好，一畦春水辘轳声。”

视草堂[①]四咏

视草堂前月，凄清十倍秋。
银河斜处响，玉斧[②]暗中修。
隐约娑罗[③]见，微茫顾菟[④]流。
霓裳端可补，愿入广寒游。

视草堂前雪，飞花具四时。
老疑潘鬓[⑤]重，舞觉沈腰羸。
妙合丝纶巧，功调鼎鼐奇。
虚皇瞻咫尺，愿赋玉京[⑥]诗。

视草堂前雨，飞空万象新。
随龙下膏泽，涤颖布阳春。
霡霂能生物，沾濡不受尘。
巫山空有赋，难作楚王臣。[⑦]

视草堂前日，传宣趣[⑧]制词。
藁[⑨]裁初刻上，朝罢八砖[⑩]移。
乌御行黄道，龙光映玉墀。
薰风生殿阁，小立独多时。

①视草堂：翰林院。古代词臣奉旨修正诏谕一类公文，称“视草”，也代指皇帝起草诏书。

按：《旧唐书》卷四十三《志》第二十三《职官二·中书省》：“玄宗即位，张说、陆坚、张九龄、徐安贞、张垍等，召入禁中，谓之翰林待诏。王者尊极，一日万机，四方进奏、中外表疏批答，或诏从中出。宸翰所挥，亦资其检讨，谓之视草，故尝简当代士人，以备顾问。”唐张萱《疑耀》卷七：“古人称视草者，谓视天子所草也。古者，诏令多天子自为之，特令词臣立于其侧，以视所草何如耳。故汉武帝诏淮南王，令司马相如视草，非令相如代笔也。今典制诰者，皆代天子笔，非视草之义而称视草，不亦缪乎？”

②玉斧：仙斧，神斧，也指传说中吴刚在月宫中伐桂树所用之斧。

按：宋杨万里《九月十五夜月，细看桂枝北茂南缺，未经古人拈出，纪以二绝句》其一：“桂树冰轮两不齐，桂圆不似月圆时。吴刚玉斧何曾巧？斫尽南枝放北枝。”宋辛弃疾《满江红·题冷泉亭》：“谁信天峰飞堕地，傍湖千丈开青壁。是当年玉斧削方壶，无人识。”

③娑罗：梵语的译音，也称作“娑萝”。植物名，原产于印度、东南亚等地，常绿大乔木，木质优良。

按：北魏贾思勰《齐民要术》卷十《娑罗》：“盛弘之《荆州记》曰：‘巴陵县南有寺，僧房床下忽生一木，随生旬日，势凌轩栋。道人移房避之，木长便迟，但极晚秀。有外国沙门见之，名为娑罗也。’”宋芮烨《从沈文伯乞娑罗树碑》：“楚州淮阴娑罗树，霜露荣悴今何如。”

④顾菟：古代神话传说月中的精灵为兔形，加之有“嫦娥奔月”之传说，增“顾盼”之意，故以“顾菟”为月的别名，也作“顾兔”。

按：《楚辞·天问》：“夜光何德，死则又育？厥利维何，而顾菟在腹？”唐李白《上云乐》：“阳乌未出谷，顾兔半藏身。”

⑤潘鬓，潘岳描绘自己中年已“二毛”，即鬓发斑白。后泛指鬓发初白的中年。

按：宋苏轼《沁园春》：“也不须惊怪，沈郎易瘦，也不须惊怪，潘鬓先愁。”宋徐铉《寄钟谟》：“看看潘鬓二毛生，昨日林梢又转莺。欲对春风忘世虑，敢言尊酒召时英。”

⑥玉京，也称白玉京，传说中天帝的居住之处。

按：《魏书》卷一百一十四《释老志十》第二十：“道家之原，出于老子。其自言也，先天地生，以资万类。上处玉京，为神王之宗；下在紫微，为飞仙之主。”

⑦楚王臣：屈原《山鬼》、宋玉《高唐赋》《神女赋》等，都有描绘巫山神女的内容，然而二人在楚国均郁郁不得志。

按：南朝梁萧纲《行雨》："本是巫山来，无人睹容色。唯有楚王臣，曾言梦相识。"

⑧"趣"同"促"。

按：《康熙字典》："趋玉切，音促。《礼·月令》：'乃趣狱刑。'《史记》卷七《项羽本纪》第七：'数使使趣齐兵，欲与俱西。'"《史记》卷一百七《魏其武安侯列传》第四十七："局趣效辕下驹，吾并斩若属矣。"

⑨"藁"同"稿"。

⑩八砖，即八花砖。唐德宗时翰林院厅前有花砖道，学士入值以日影到达五砖时为准，李程每于日影过八砖时才到翰林院，被称为"八砖学士"。后来"八花砖"也有任职翰林院的意思。

按：唐李肇《翰林志》："北厅前阶有花砖道，冬中日及五砖，为入直之候。李程性懒，好晚入，恒过八砖乃至，众呼为'八砖学士'。"宋陆游《晚起》："欠伸看起东窗日，也似金銮过八砖。"宋秦观《别子瞻学士》："八砖学士风标远，五马使君恩意新。"

华严寺

宝构荧煌接帝青，行营列峙火晶荧。
运斤[①]巧斗攒千柱，相杵[②]歌长筑万钉。[③]
云拥殿心团宝盖，风翻檐角响金铃。
隃知帝力超前[④]古，侧布端能动地灵。

①运斤：挥动斧头砍削，形容技艺高超。

按：《庄子·杂篇·徐无鬼》："庄子送葬，过惠子之墓，顾谓从者曰：'郢人垩漫其鼻端，若蝇翼，使匠石斫之。匠石运斤成风，听而斫之，尽垩而鼻不伤，郢人立不失容……'"唐杨炯《卧读书架赋》："从绳运斤，义且得于方正；量枘制凿，术乃取于纵横。"

②相杵：原指舂谷时发出的号子，此处泛指劳动号子。

按：《史记》卷六十八《商君列传》第八："五羖大夫死，秦国男女流涕，童子不歌谣，舂者不相杵。"《宋书》卷二十九《志》第十九《符瑞下》："臣不量卑懵，窃慕击壤有作，相杵成讴。"

③此处有原注："殿基水泉涌沸，以木钉万枚筑之，其费巨万。"宜稼堂本、四库本同元刊本；《诗渊》脱此原注。

④"前"，一作"千"。

赠华严长老[1]二首

四年[2]上国[3]扈金舆，燕处[4]高斋得起予[5]。
箧宝寸珠光不老，炉存片雪色相如。
抱琴有意[6]传流水，击拂[7]无言指太虚。
二十里松亲见得，塔中古佛白毫舒。[8]

丈室萧萧昼掩扉，蒲团不下得忘机。
阶前菊本先春种，门外杨花伏日飞。
句落珠玑禅客诵，象严金碧梵王威。
知余犹是青山伴，话尽斜阳指翠微。

①华严长老：应是华严寺第六代住持维寿。维（也作“惟”）寿，号筠轩，善文辞，与袁桷、柳贯、马祖常等有密切交往，柳贯有《赠大华严寺长老寿公司徒》，马祖常有《赠华严寺僧筠轩》；袁桷此诗作于英宗至治二年。

按：元黄缙《上都大龙光华严寺碑》：“寺之开山初祖曰至温与故太师、刘文正公秉忠友善，有志气而深于谋略，世祖甚器重之。温六传至维寿，以道行、文学，受知英宗，制授大司徒。”

②袁桷延祐元年、二年、六年，至治元年、二年先后扈从上京，其中延祐二年因南方有事而提前南归。

③上国：京师。

按：《资治通鉴》卷二百二十六《唐纪》四十二《德宗神武孝文皇帝·建中二年》：“前定州刺史谷从政……从政往见惟岳曰：‘今海内无事，自上国来者，皆言天子聪明英武，志欲致太平，深不欲诸侯子孙专地……’”

④燕处：相处，居处。

按：宋沈遘《诫励贡士敦尚行实诏》：“然比岁以来，士之进于有司者，益不及于前时……群居燕处，则不闻仁义之谈；杂进并趋，则不闻礼让之节。”宋苏辙《谢翰林学士宣召状》二首其一："临朝访道，有元老之在前；燕处清心，援众正而自助。"

⑤起予：启发自己。

按：《论语》卷三《八佾》第三："子曰：'起予者，商也，始可与言《诗》已矣。'"唐韩愈《量移袁州张韶州端公以诗相贺因酬之》："将经贵郡烦留客，先惠高文谢起予。"宋苏轼《答任师中家汉公》："我时年尚幼，作赋慕相如。侍立看君谈，精悍实起予。"

⑥抱琴有意：高朋间的雅意交往。

按：唐李白《山中与幽人对酌》："两人对酌山花开，一杯一杯复一杯。我醉欲眠卿且去，明朝有意抱琴来。"宋陆游《怀王美》："抱琴虽有意，无语倚西风。"宋蒲寿宬《寄石隐老屿上人》："抱琴有意弹明月，采药无心到绝巅。"

⑦击拂：宋代茶道，一种布茶的方法。

按：宋王明清《挥麈录余话》卷一《蔡元长〈保和殿曲燕记〉〈延福宫曲燕记〉》："上命近侍取茶具，亲手注汤击拂。少顷，白乳浮盏面，如疏星澹月，顾诸臣曰：'此自布茶。'饮毕皆顿首谢。"宋曹冠《朝中措》："金箸春葱击拂，花瓷雪乳珍奇。"

⑧此处有原注："华严洞下宗，常游四明太白，礼宏智塔。宏智，相传古佛再世。"宜稼堂本、四库本同元刊本；《诗渊》脱此原注。

书邢遵道[①]二父家传

蜚声秀采动时贤，书帙如山酒似泉。
已恨人间双璧化[②]，共夸身后一夔[③]传。
药囊有底阴功满，诗卷相辉盛事全。
会见门楣成晚秀，瀛洲委佩[④]接群仙。

①邢遵道：都人邢伯宜、邢伯才兄弟之侄，或为其中一人之子亦未可知。

②化，死。双璧，一对完美的人或物。“双璧化”指邢伯宜、邢伯才兄弟二人已去世。

按：晋陶潜《读山海经》：“同物既无虑，化去不复悔。”《魏书》卷四十《列传》第二十八《陆俟·陆馛》：“长子暐，字道晖，与弟恭之并有时誉。洛阳令贾祯见其兄弟，叹曰：‘仆以老年，更睹双璧。’”

③夔：指能独当一面的专门人才。

按：战国吕不韦《吕氏春秋》卷二十二《慎行论》第二《察传》：“舜曰：‘夫乐，天地之精也，得失之节也，故唯圣人为能和，乐之本也。夔能和之，以平天下。若夔者，一而足矣！’故曰‘夔一，足，非一足也’。”

④委佩：恭敬的样子，指俯身行礼时佩饰拖垂到地上。

按：《礼记》卷四《曲礼下》：“立则磬折垂佩。主佩倚则臣佩垂，主佩垂则臣佩委。”唐刘禹锡《问大钧赋》：“乃遽衣促盥，端虑涤想。委佩低簪，持簿叩颡而言。”唐杜甫《宣政殿退朝晚出左掖》：“宫草霏霏承委珮，炉烟细细驻游丝。”

赠写真佟生[①]

丹青妍丑世间形，碧眼看天画未成。
梦觉已传商相似，神闲能写赵郎情[②]。
沙场燕颔[③]愁中乐，客舍鸢肩[④]暗里惊。
彩笔阅人头渐白，长因眸子识公卿。

①写真：描画人的真容。

按：北齐颜之推《颜氏家训》卷七《杂艺》：“书绘之工，亦为妙矣……武烈太子偏能写真，坐上宾客，随宜点染，即成数人，以问童孺，皆知姓名矣。”

②赵郎情：指描画人物形神兼备。

按：宋李昉等《太平广记》卷二百一十三《画四·周昉》：“又郭令公女婿赵纵侍郎尝令韩干写真，众皆称美。后又请昉写真，二人皆有能名。令公尝列二画于座，未能定其优劣。因赵夫人归省，令公问云：‘此何人？’对曰：‘赵郎。’‘何者最似？’云：‘两画摠似，后画者佳。’又问：‘何以言之？’‘前画空得赵郎状貌，后画兼移其神思情性笑言之姿。’”

③燕颔：形容相貌威武。

按：《后汉书》卷四十七《班梁列传》第三十七《班超》：“相者指曰：‘生燕颔虎颈，飞而食肉，此万里侯相也。”唐白居易《赠李兵马使》：“江南别有楼船将，燕颔虬须不姓杨。”唐权德舆《送山人归旧隐》：“武人荣燕颔，志士恋渔竿。”

④鸢肩：两肩上耸，如同鸟栖止时的样子。

按：《国语》卷十四《晋语八》：“叔鱼生，其母视之，曰：‘是虎目而豕喙，鸢肩而牛腹，溪壑可盈。是不可厌也，必以贿死。’”

赠李道士[①]

高安李道士，货药绕滦城。
竹杖常随手，茶瓯与解酲[②]。
住冬饶活计，听雨话平生。
欲说前朝事，年深记不成。

①李道士：其人待考，从诗歌前后内容可知，其为高安人，可能跨越宋、元两个朝代，曾于上都售药为生，无论冬夏，都十分忙碌。

②酲，宜稼堂本同《诗渊》；元刊本、四库本作“酲”，形似而误。酲，意指醉酒后神志不清的状态。

按：《诗经·小雅·节南山》：“不吊昊天，乱靡有定。式月斯生，俾民不宁。忧心如酲，谁秉国成？”

行路难五首

桑干岭上十八盘，赫日东出红团团。
回头平田树如发，北去沙石何弥漫。
青帘高低知客倦，劝汝一杯下前坂。
马蹄护铁声琮琤，帖石朱栏列危栈。
度岭林昏泊官驿，冰涌虚泥逾五尺。
马行犹知泥浅深，重车没踝路莫寻。

松林巨木官采搜，千斧斫根膏液流。
翠旄离披仆巨壑，百谷震动狐狼愁。
大车以载牛马喘，历堑凌深不能挽。
车头挂纸齐声呼[①]，一步一移日将晚。
经春逾夏来京都，雕梁绣柱天人居。
锦茵花砖浅深护，岁久不知行路苦。

昔闻万回僧[②]，空中转足如飞鹰。
又闻麦八百[③]，侧径回旋去无迹。
牙牌[④]校尉夸快行，急装一日来京城。
人言胫中有肉燕，籋云蹑电[⑤]那能名。
古云行路难，今作等闲看。
君不见明王坐朝疲心思，日行天下人不知。

金谷园[⑥]头土如酥，琼花琪树凝流苏。
文鸯甃砖藻影动，飞凤团础云光腴。
紫丝步障[⑦]三十里，百和生香交旖旎。

美人罗袜不动尘，匝匝金莲随步起。
须臾急骑围四隅，瞬息突兀生寒芜。
绿珠危楼百尺坠⑧，行路之难却成易。

弊裘蒙茸苏季子⑨，两足重趼行不已。
一朝佩印何累累，列鼎腥膻夸国士。
班生⑩远出玉门关，被甲夜度随黄间。
飞沙击面燕颔失，晚望落日思生还。
书生守株灯火勤，终岁不通南北邻。
一朝安车⑪入关内，老不能言愿求退。

①呼，宜稼堂本、四库本同元刊本；《诗渊》脱。

②万回僧：唐时僧人，俗姓张，虢州阌乡（今河南省灵宝市）人，是旧时民间普遍信仰的团圆欢喜之神。

按：唐段成式《酉阳杂俎前集》卷三《贝编》："僧万回年二十余，貌痴不语。其兄戍辽阳，久绝音问，或传其死，其家为作斋。万回忽卷饼茹，大言曰：'兄在，我将馈之。'出门如飞，马驰不及。及暮而还。得其兄书，缄封犹湿，计往返，一日万里，因号焉。"

③麦八百：疑为"李八百"之误。李八百即中国民间传说中的蜀中八仙之一，因活到八百岁而被世人称为"李八百"。但传说中李八百有多种说法：其一即称李八百，其二为李脱，其三为八百岁公李阿，其四为三国时蜀人李宽，其五为虎耳先生李洞宾，其六为蜀人李真。其中传说李脱拄拐日行八百里，此处之"八百"似应指李脱。

按：晋葛洪《神仙传》卷三《李八伯》："李八伯者，蜀人也。莫知其名，历世见之，时人计之已年八百岁，因以号之。"宋苏轼《与子由同游寒溪西山》自注："李八百宅在筠州，古老相传，能拄拐日八百里。"

④牙牌，原指象牙腰牌，宋元以后官员的身份证明，多用象牙或兽骨制成，上面一般刻有官员的官衔等信息。元代驿吏往来，须持牙牌以证身份。

按：《元史》卷六十七《志》第十八《礼乐一·元正受朝仪》："至期大昕，侍仪使引导从护尉，各服其服，入至寝殿前，捧牙牌跪报外办。"宋欧阳修《早朝感事》："玉勒争门随仗入，牙牌当殿报班齐。"宋杨万里《甲寅二月十八牡丹初发》："排日上牙牌，记花先后开。"

⑤籋，通"蹑"，踏着飞云，追赶着闪电，比喻速度极快。

按：《宋书》卷八十五《列传》第四十五《谢庄》："既秣芑以均性，又佩蘅以崇躅，卷雄神于绮文，蓄奔容于帷烛，蕴籋云之锐景，戢追电之逸足，方叠熔于丹缟，亦联规于朱驳。"

⑥金谷园：晋代石崇于金谷涧中所筑的园馆，也泛指富贵人家盛极一时但好景不长的豪华园林。

按：《晋书》卷三十三《列传》第三《石苞·石崇》："崇有别馆在河阳之金谷，一名梓泽，送者倾都，帐饮于此焉。"唐胡曾《咏史诗·金谷园》："唯余金谷园中树，残日蝉声送客愁。"

⑦步障：用以遮蔽风尘或视线的一种幕布，多用丝、锦等制成。

按：《晋书》卷三十三《列传》第三《石苞·石崇》："〔崇〕与贵戚王恺、羊琇之徒以奢靡相尚……恺作紫丝布步障四十里，崇作锦步障五十里以敌之。"

⑧孙秀垂涎石崇宠姬绿珠的美貌，投靠司马伦，后在石崇靠山贾皇后死后，进谗言致石崇被杀，绿珠被逼坠楼而亡。

按：《晋书》卷三十三《列传》第三《石苞·石崇》："崇谓绿珠曰：'我今为尔得罪。'绿珠泣曰：'当效死于官前。'因自投于楼下而死。"唐杜牧《金谷园》："繁华事散逐香尘，流水无情草自春。日暮东风怨啼鸟，落花犹似坠楼人。"

⑨苏秦，字季子，战国纵横之士。师从鬼谷子，学成后，以合纵之策而佩六国相印，使秦十五年不敢出函谷关。

按：《战国策》卷三《秦策一》："说秦王书十上而说不行。黑貂之裘弊，黄金百斤尽，资用乏绝，去秦而归。羸縢履蹻，负书担橐，形容枯槁，面目犁黑，状有归色……当此之时，天下之大，万民之众，王侯之威，谋臣之权，皆欲决苏秦之策。”宋邵雍《战国吟》：“廉颇白起善用兵，苏秦张仪善纵横。”

⑩班生，即班超，字仲升，汉代军事家、外交家。为人有大志，不修细节，但内心恭谨，审察事理。他能言善辩，博览群书，后投笔从戎，随窦固出击北匈奴，又奉命出使西域，在三十一年的时间里，平定了西域五十多个诸侯国。

按：《魏书》卷一百二《列传》第九十《西域》：“至于后汉，班超所通者五十余国，西至西海，东西万里，皆来朝贡，复置都护、校尉以相统摄。”汉班昭《为兄超求代疏》：“超以一身转侧绝域，晓譬诸国，因其兵众，每有攻战，辄为先登，身被金夷，不避死亡。”唐豆卢诜《岭南节度判官宗公神道碑》：“不安颜子之贫，遂投班生之笔。”

⑪安车：古代可以坐乘的小车，一般供年老的高级官员或贵妇人乘坐。高官告老还乡或朝廷征召德高望重的人，往往赐乘安车。

按：《礼记》卷一《曲礼》上：“大夫七十而致事，若不得谢，则必赐之几杖。行役以妇人，适四方，乘安车，自称曰老夫，于其国则称名。”《汉书》卷八十一《匡张孔马传》第五十一《张禹》：“为相六岁，鸿嘉元年以老病乞骸骨，上加优再三，乃听许。赐安车驷马，黄金百斤……”《新唐书》卷一百八十二《列传》第一百七十《赵隐》：“懿宗诞日，宴慈恩寺，隐侍母以安舆临观，宰相方率百官拜恩于廷，即回班候夫人起居，搢绅以为荣。”

卖薪行

老兵缚薪穿市卖，双手如龟布衣坏。
低头望日南阶行，背负槎牙北风杀。
大车轮囷小车聚，我薪不如一抔土。
黄公垆[1]前烟雾高，挥手相讥不相顾。
暮归置薪眠土屋，望月清歌声断续。
丈夫穷达会有时，买臣怀章[2]人始奇。

①黄公垆，西晋王戎路过曾经同嵇康等人聚饮的黄公所开之酒垆，触景伤情，后泛指卖酒者。唐代诗人白居易在《晚春沽酒》中曾说："醉卧黄公肆，人知我是谁。"这里所言之黄公肆，即黄公的酒垆。

按：南朝宋刘义庆《世说新语》卷下《伤逝》第十七："王濬冲为尚书令，着公服，乘轺车，经黄公酒垆下过。顾谓后车客：'吾昔与嵇叔夜、阮嗣宗共酣饮于此垆……今日视此虽近，邈若山河。'"唐李颀《别梁锽》："朝朝饮酒黄公垆，脱帽露顶争叫呼。"宋苏轼《庆源宣义王丈求红带》："不学山王乘驷马，回头空指黄公垆。"

②买臣怀章，指汉朱买臣当初负薪度日，五十岁方为会稽太守的经历。

按：《汉书》卷六十四上《严朱吾丘主父徐严终王贾传》第三十四上《朱买臣》："〔买臣〕家贫，好读书，不治产业，常艾薪樵，卖以给食，担束薪，行且诵书。其妻亦负戴相随，数止买臣毋歌呕道中。买臣愈益疾歌，妻羞之，求去。买臣笑曰：'我年五十当富贵，今已四十余矣。女苦日久，待我富贵报女功。'妻恚怒曰：'如公等，终饿死沟中耳，何能富贵？'买臣不能留，即听去。其后，买臣独行歌道中，负薪墓间。……拜买臣为中大夫，与严助俱侍中。"

视草堂岁久倾圮述怀二首

视草堂前草木青，微臣三入①鬓星星。
坏墙雨透蜗生角，旧灶泥深菌露钉。
深恐雨钟催晓箭，独听寒殿响风铃。
堂堂诸老冰澌②尽，病叟③应归种茯苓。

昔时寿俊佩蹁跹，人物于今似眇然。
倚马④谁怜才独步，屠龙⑤端信技无全。
颁冰伏日金奁重，赐果薰风绮席鲜。
可是虚皇疏顾问，玉堂旧事少人传。

①袁桷一生三入翰林，延祐元年任翰林待制，延祐三年连任；至治二年任翰林待制；至治三年任翰林直学士，时已五十八岁。

②冰澌：解冻时流动的冰凌。

按：宋苏辙《游城西集庆园》："送客城西客已远，归路北池接南苑。冰澌片断水光浮，柳线和柔风力软。"

③延祐五年（1318），袁桷身体多有不适，次子袁瑾赴大都侍奉，此后似乎一直跟随。至治二年尚有诗《小院四月十二日牡丹始开，乃单台花也。余将上开平，作诗示瑾》。

④倚马，即倚马可待，指文思敏捷，文笔迅速。

按：南朝宋刘义庆《世说新语》卷上《文学》第四："桓宣武北征，袁虎时从，被责免官。会须露布文，唤袁倚马前令作。手不辍笔，俄得七纸，殊可观。"

⑤屠龙：形容身怀绝技。

按：《庄子·杂篇·列御寇》："朱泙漫学屠龙于支离益，殚千金之家。"唐韩愈《岳阳楼别窦司直》："念昔始读书，志欲干霸王。屠龙破千金，为艺亦云亢。"

翰林故事莫盛于唐宋聊述旧闻拟宫词十首

禁钟[①]初动趣[②]传宣，衣袖薰香到御前。[③]
渐近宫门扶下马，内官[④]分引导金莲。

御笔圆封草相麻[⑤]，龙笺香透拥金花[⑥]。
仪鸾敕设庭前候，赐酒方终更赐茶。

制草涂鸦未敢删，内珰[⑦]宣引侍龙颜。
已分笔格[⑧]金蟾滴[⑨]，更赐端溪紫砚山[⑩]。

春帖[⑪]分裁阁分多，宫娥争馈缬绡罗。
青丝菜并银盘送，幡胜[⑫]新题墨旋磨。

文思如泉涌墨林，屏风院吏不须寻。
旧时内相[⑬]诸孙在，犹有当年扫阁[⑭]金。

入院听宣席未温，赐金已向案头存。[⑮]
清晨上马还家去，内出黄麻[⑯]付阁门。

清馥香温酒玉脂[⑰]，祝文[⑱]已撰报都知[⑲]。
夜来奉旨传丞相，五朵云[⑳]浓押省咨。

天孙夜度玉潢[㉑]清，内托银盘涌化生[㉒]。
秋思未多团扇在，拟题宫怨月分明。

盘雕晕锦是冬衣，鸽炭[23]初生酒力微。
闻道边臣风雪苦，口宣腊药[24]布皇威。

赞书[25]誊副节楼前，筐篚[26]盈庭邸吏传。
深恨葫芦陶学士[27]，受渠犀玉[28]索金钱。

①禁钟：宫禁中的钟。

按：唐白居易《中书夜直梦忠州》："江色分明绿，猿声依旧愁。禁钟惊睡觉，唯不上东楼。"唐韦应物《送汾城王主簿》："禁钟春雨细，宫树野烟和。"

②趣，同"促"。

③最晚在唐朝，熏香后再上朝已成为惯例。

按：唐杜甫《奉和贾至舍人早朝大明宫》："五夜漏声催晓箭，九重春色醉仙桃。……朝罢香烟携满袖，诗成珠玉在挥毫。"

④内官：原指国君左右的近侍大臣，后多指宦官。

按：《后汉书》卷六十九《窦何列传》第五十九《窦武》："时国政多失，内官专宠，李膺、杜密等为党事考逮。"

⑤草相麻：唐宋时任命宰相的旨令用白麻纸书写，因称"草相麻"，也称"宣麻"。

按：宋洪咨夔《直玉堂作》："禁门深锁寂无哗，浓墨淋漓两相麻。"

⑥金花：洒有泥金的笺纸。

按：宋乐史《杨太真外传》："上曰：'赏名花，对妃子，焉用旧乐词为？'遂命龟年持金花笺，宣赐翰林学士李白立进《清平乐词》三篇。"

⑦内珰：即太监。

按：宋叶绍翁《四朝闻见录》丁集《考异》："杲入，索玺于内珰羊驷、刘庆祖。二珰相语：'若玺入杲，或以他授，则大事去矣。况丞相有'赵家肉即可做'，此自主张吴兴，则玺尤不可轻授。'"

⑧笔格：笔架。

按：唐吴筠《笔格赋》："幽山之桂树，恒萦风而抱雾。叶委郁而陆离，根纵横而盘互。尔其负霜含液，枝翠心赤。剪其匡条，为此笔格。下跌则岩岩方爽，似华山之孤生；上管则员员峻逸，若九疑之争出。长对坐而衔烟，永临窗而储笔。"

⑨金蟾滴，指的是金蟾形状的砚滴。砚滴也称"水注"，是往砚台中注水的工具。金蟾在中国古代神话中被认为是吉祥之物，可以吸财、镇宅、辟邪。

按：唐皎然《送裴秀才往会稽山读书》："一身赍万卷，编室寄烟萝。砚滴穿池小，书衣种楮多。"宋刘克庄《蟾蜍砚滴》："铸出爬沙状，儿童竞抚摩。背如千岁者，腹奈一轮何。器较瓶罂小，功于几砚多。所盛涓滴水，后世赖余波。"

⑩端溪紫砚山，即端砚，唐初开始，该砚因产于端州的端溪一带而得名，与歙砚、洮砚并称"三大石质名砚"。

按：唐李肇《唐国史补》卷下《货贿通用物》："凡货贿之物，侈于用者，不可胜纪。丝布为衣，麻布为囊，毡帽为盖，革皮为带，内丘白瓷瓯，端溪紫石砚，天下无贵贱通用之。"

⑪春帖，又称春帖子、春端帖、春端帖子。宋制，一年八节，翰林要撰写帖子词，或歌颂升平，或寓意规谏，贴于禁中门帐之上。于立春日撰作的帖子词，称"春帖子"。帖子词多为五言、七言绝句。

按：宋朱弁《曲洧旧闻》卷七《欧公春帖子温成皇后词》："欧公与王禹玉、范忠文同在禁林。故事进春帖子，自皇后、贵妃以下，诸阁皆有。"宋周密《武林旧事》卷二《立春》："学士院选进春帖子，帝后贵妃夫人诸阁，各有定式。"

⑫幡胜：民间风俗，一种用金银箔纸绢剪裁制作成的装饰品，因有的形似幡旗而得名。立春日戴在头上或系在花下。

按：《宋史》卷一百一十九《志》第七十二《礼》二十二《朝臣时节馈廪》："立春，奉内朝者皆赐幡胜。"宋范成大《鞭春微雨》："幡胜丝丝雨，笙歌步步尘。一年新乐事，万里未归人。"

⑬内相：唐、宋时翰林学士的别称，宋时也称内翰。

按：《新唐书》卷四十六《志》第三十六《百官一》："开元二十六年，又改翰林供奉为学士，别置学士院，专掌内命。凡拜免将相、号令征伐，皆用白麻。其后，选用益重，而礼遇益亲，至号为‘内相’，又以为天子私人。”

⑭扫阁：宋时皇太子即位，市民争入旧邸，拾取剩遗之物。

按：宋叶绍翁《四朝闻见录》甲集《宪圣拥立》：“先是，皇太子即位于内，则市人排旧邸以入，争持所遗，谓之‘扫阁’，故必先为之备。”

⑮此处有原注：“故事：入院传旨毕，赐叶金十两，始草制。”

⑯黄麻：唐宋时翰林起草的文书，书写经卷等多用黄麻纸。

按：唐李肇《唐国史补·翰林志》：“凡赐与征召、宣索处分曰诏，用白藤纸。凡慰军旅，用黄麻纸并用印。”

⑰脂，宜稼堂本同元刊本；四库本作“卮”。

⑱祝文：古代祭祀鬼神或者祖先的文辞。

按：《宋书》卷十七《志》第七《礼四》：“昭皇太后正号久定，登列庙祀，详寻祝文，宜称皇帝讳。”

⑲都知：五代、宋时的殿前武官名。

按：《宋史》卷一百六十六《志》第一百一十九《职官六·殿前司》：“诸班有都都虞候指挥使、都军使、都知、副都知、押班。”

⑳五朵云，即五云体，指唐代韦陟用草书署名的字体。

按：唐段成式《酉阳杂俎续集》卷三《支诺皋下》：“韦斌虽生于贵门，而性颇厚质……每令侍婢主尺牍，往来复章，未常自札，受意而已。词旨轻重，正合陟意，而书体遒利，皆有楷法，陟唯署名。尝自谓所书‘陟’字如五朵云，当时人多仿效，谓之‘郇公五云体’。”

㉑应指天河、银河。潢为星名，玉潢，形容天河清辉。

按：《史记》卷二十七《天官书》第五：“旁有八星，绝汉，曰天潢。天潢旁，江星。江星动，人涉水。”

㉒化生：化育生长，变化产生。

按：《周易》卷四《咸》：“天地感而万物化生，圣人感人心而天下和平。观其所感，而天地万物之情可见矣。”

㉓鸽炭：木炭青黑色，因其颜色如鸽羽而得名，此类木炭具有燃烧持久、少

烟雾等优点。

按：唐元稹《生春》二十首其十九："桂櫱兰灯灿，猊炉鸽炭融。"

㉔腊药：古代指腊冬所制药剂，多供滋补用。

按：宋梅尧臣《题腊药》："颓颜早觉衰，乃藉药扶持。及此季冬日，预修来岁宜。"

㉕赞书：帮助帝王起草诏书，也指诏书。

按：《周礼》卷二十七《御史》："御史掌邦国、都鄙及万民之治令，以赞冢宰。凡治者受法令焉，掌赞书，凡数从政者。"宋叶绍翁《四朝闻见录·褒赠伊川》："朕锡以赞书，宠以延阁，以震耀褒表之者，深明上之所予在此而不在彼也。"

㉖筐篚：方为筐，圆为篚，均为竹器，用以盛放物品，也指帝王厚赐的物品。

按：唐杜甫《自京赴奉先县咏怀五百字》："圣人筐篚恩，实欲邦国活。臣如忽至理，君岂弃此物。"

㉗宋朝初年，翰林学士陶谷自以为文笔出众，想好好表现一下，达到升职的目的，劝宋太祖重视文字工作，结果未能如愿。

按：宋魏泰《东轩笔录》卷一："太祖笑曰：'颇闻翰林草制，皆检前人旧本，改换词语，此乃俗所谓依样画葫芦耳，何宣力之有？'谷闻之，乃作诗，书于玉堂之壁，曰：'官职须由生处有，才能不管用时无。堪笑翰林陶学士，年年依样画葫芦。'"

㉘犀玉：犀牛角及美玉，指珍贵的东西。

按：《韩非子》卷七《喻老第二十一》："昔者纣为象箸而箕子怖。以为象箸必不加于土铏，必将犀玉之杯；象箸玉杯必不羹菽藿，则必旄象豹胎，旄象豹胎必不衣短褐而食于茅屋之下，则锦衣九重，广室高台。"

书　怀

晓来重纩[①]避风檐，午着轻罗更上帘。

可是炎凉随世态[②]，病多时节要抽添[③]。

①重纩：厚丝绵，也指用厚丝绵制成的衣物。

按：晋潘岳《悼亡诗》二首之二："岂曰无重纩，谁与同岁寒。"唐元稹《六年春遣怀》八首其一："重纩犹存孤枕在，春衫无复旧裁缝。"

②指世态炎凉，形容人在得意时百般奉承，失意时就十分凉淡。

按：宋文天祥《杜架阁》三首其二："昔趋魏公子，今事霍将军。世态炎凉甚，交情贵贱分。"宋赵崇森《玩秋月》："看来世态炎凉尽，惟有月明无贵贫。"

③抽添，即抽添法，针灸中的针刺手法。

按：宋赵与时《宾退录》卷七："以抽添运用之细微，遂有斤两之论。"

五月二十日甘雨如注江南呼为分龙雨①

平畴龟拆②祷龙君，百顷青黄两界分。

匝岸已沾三尺雨，隔溪唯见一川云。

谁家袯襫③凉如水，此地衹裯④火欲焚。

共道神功有南北，老农元不废耕耘。

①分龙雨，即隔辙雨，夏季所降对流雨，有时一辙之隔，晴雨各异。古人认为这是由于龙分管不同区域的降雨而形成的，所以称之为“分龙雨”，也称“分龙兵”“分龙”。吴越之地此种情况多出现在农历五月二十日，宋时当地人认为此日即为“分龙日”。

按：宋陆佃《埤雅》卷十九《释天》：“今俗五月谓之分龙雨，曰隔辙，言夏雨暴至，龙各有分域，雨旸往往隔一辙而异也。”宋李石《续博物志》卷一：“俗以五月雨为分龙雨，一曰隔辙雨。”

②拆，元刊本同四库本，形似而误；宜稼堂本作“坼”。龟坼，形容天旱土地裂开，如同乌龟壳裂开的样子。

按：宋陆九渊《石湾祷雨文》：“今不雨弥月，龟坼已深，水泉顿缩，陂池乡涸。”宋陆文圭《新移瑞香不得雨有叹》：“是时夏久旱，不雨龟坼田。”

③袯襫：蓑衣之类的防雨衣。

按：《国语》卷六《齐语》：“脱衣就功，首戴茅蒲，身衣袯襫，沾体涂足，暴其发肤，尽其四支之敏，以从事于田野。”宋陆游《柴门》：“病已废耕抛袯襫，闻犹持钓爱笭箵。”

④衹裯：贴身的短衣。

按：《后汉书》卷三十一《郭杜孔张廉王苏羊贾陆列传》第二十一《羊续》：“续妻后与子秘俱往郡舍，续闭门不内，妻自将秘行，其资藏唯有布衾、敝衹裯，盐、麦数斛而已。”

五月廿六日大寒二十二韵

地界幽都①正，风传委羽②来。
阴机③坚积冱，空窾起荒埃。
炎帝辞施设，玄神擅展裁。
气疑翻溟涬，势欲压恢台④。
北户严云结，中街宿雾霾。
睫流惊炙毂⑤，吻咽讶衔枚。
野旷狐归穴，林荒雀下台。
趁虚⑥人瑟缩，走驿吏徘徊。
旧箧裘频索，残炉火易灰。
当阳纨扇弃，薄暮酒尊⑦催。
牛喘犹瞻月，龙藏⑧敢挟雷。
晓吟肩峭直，午睡发毰毸⑨。
绨绤聊增袭，帘帷莫浪开。
鼎温延上客，灶炀⑩集群孩。
鸟认南枝宿，驼鸣北路回。
泬寥⑪河汉接，惨澹雪霜堆。
重甲身僵仆，铢衣⑫说诡诙。
已知邹子的⑬，更觉杜生哀⑭。
泽国朝曦赫，畲田溽雨催。
鸿钧⑮陶石烁，金鉴煮冰摧。
旧俗惭卑窘，新闻骋博该。
广寒⑯今已到，姑射⑰不须陪。

①幽都：原指北京地区，此处泛指北方之地。

按：《尚书》卷二《虞书·尧典》："申命和叔，宅朔方，曰幽都。平在朔易。日短，星昴，以正仲冬。”

②委羽，即委羽山，道教名山，据传与东海龙宫相通。

按：晋潘端明《游委羽山》：“借问仙游子，何年上玉京。至今称委羽，灵秀似蓬瀛。”宋张君房《云笈七签》卷二十七《洞天福地·天地宫府图·十大洞天》：“第二委羽山洞：周回万里，号曰‘大有空明之天’。在台州黄岩县，去县三十里，青童君治之。”

③阴机：机巧，机谋。

按：唐韩愈《辛卯年雪》：“翕翕陵厚载，哗哗弄阴机。生平未曾见，何暇议是非？”

④恢台，也作“恢炱”“恢胎”，形容旺盛，广大。

按：战国宋玉《九辩》：“秋既先戒以白露兮，冬又申之以严霜。收恢台之孟夏兮，然坎傺而沉藏。”

⑤炙毂，本作“炙毂过”，“过”为“輠”字的假借字，古时指车上盛贮油膏的器具，将輠烘热后流油，润滑车轴。

按：《史记》卷七十四《孟子荀卿列传》第十四：“淳于髡久与处，时有得善言。故齐人颂曰：‘谈天衍，雕龙奭，炙毂过髡。’”

⑥趁虚，宜稼堂本同元刊本；四库本作“趁墟”，亦通。趁墟，指赶集。

按：宋范成大《豫章南浦亭泊舟》二首其二：“趁墟犹市井，收潦再耕桑。”

⑦尊，通“樽”，即酒樽。

按：《后汉书》卷五十九《张衡列传》第四十九：“阳嘉元年，复造侯风地动仪。以精铜铸成，员径八尺，合盖隆起，形似酒尊，饰以篆文山龟鸟兽之形。”

⑧龙藏：指潜藏勿用。

按：《周易》卷一《乾》：“潜龙勿用，阳气潜藏；见龙在田，天下文明；终日乾乾，与时偕行。”

⑨毰毸：原意为鸟羽张开的样子，后引申为飞舞、披拂的样子。此处指头发凌乱。

按：宋黄庭坚《欧阳从道许寄金橘以诗督之》：“禅客入秋无气息，想依红袖醉毰毸。”

⑩灶炀：围拢着炉灶烤火。

按：《战国策》卷二十《赵策三》：“日，并烛天下者也，一物不能蔽也。若灶则不然，前之人炀，则后之人无从见也。今臣疑人之有炀于君者也，是以梦见灶。”

⑪泬寥：清朗空旷的样子，指晴朗的天空。

按：战国宋玉《九辩》：“悲哉！秋之为气也。萧瑟兮，草木摇落而变衰。憭栗兮，若在远行，登山临水兮，送将归。泬寥兮，天高而气清；寂寥兮，收潦而水清。”

⑫铢衣：传说神仙穿的衣服，分量极轻。

按：唐贾至《赠薛瑶英》：“舞怯铢衣重，笑疑桃脸开。方知汉成帝，虚筑避风台。”

⑬邹子的，即邹子吹律。相传古代燕国天气寒冷，庄稼长势差，于是邹子吹了一番笛子，燕国的庄稼长势就好了。

按：唐欧阳询《艺文类聚》卷五《岁时部下·律》：“邹子在燕，燕有谷，地美而寒，不生五谷。邹子居之，吹律而温气至。”

⑭杜甫流寓西南，茅屋为狂风吹破，雨中煎熬之痛在其诗歌中有详细描绘。

按：唐杜甫《茅屋为秋风所破歌》：“八月秋高风怒号，卷我屋上三重茅。……床头屋漏无干处，雨脚如麻未断绝。”

⑮鸿钧：大钧，指天或大自然。

按：宋郭茂倩《乐府诗集》卷十五《燕射歌辞三·周朝飨乐章·康顺》：“鸿钧广运，嘉节良辰。列辟在位，万国来宾。干旌屡舞，金石咸陈。礼容既备，帝履长春。”

⑯广寒：本指广寒宫，此处用其字面之意。

⑰姑射：姑射山上的得道神仙。

按：《庄子·内篇·逍遥游》：“藐姑射之山，有神人居焉。肌肤若冰雪，绰约若处子；不食五谷，吸风饮露……”

御天门听诏

大乐[①]出端门[②]，金龙日正暾。

千官齐跪听，万姓[③]列行屯。

亲卫[④]周庐[⑤]列，王徭[⑥]尺籍[⑦]存。

侍臣头已白，宣室愿陈论。

①大乐：典雅庄重的音乐。用于帝王祭祀、朝贺、燕享等典礼。

按：《礼记》卷十九《乐记》："大乐必易，大礼必简……大乐与天地同和，大礼与天地同节。"《元史》卷七十一《志》第二十二《礼乐五·乐服》："大乐署言：'堂上下乐舞官员及乐工，合用衣服冠冕靴履等物，乞行制造。'太常寺下博士议定：'乐正副四人、乐师二人、照烛二人、运谱二人……引舞色长四人……乐工二百四十有六人……'"

②端门：宫殿的正南门。

按：《史记》卷九《吕太后本纪》第九："代王即夕入未央宫，有谒者十人持戟卫端门，曰：'天子在也，足下何为者而入？'"宋晁冲之《上林春慢》："鹤降诏飞，龙擎烛戏，端门万枝灯火。"

③元代皇帝巡幸上都，扈卫组织除四怯薛外，还有五卫亲军等。

按：《元史》卷十七《本纪》第十七《世祖十四》："力足以备车马者二千五百户，每甲令备马十五匹、牛车二辆；力足以备车者五百户，每甲令备牛车三辆；其三千户，惟习战斗，不他役之。"

④元代亲卫即宿卫。

按：《元史》卷一百二十三《列传》第十《赵阿哥潘·重喜》："子重喜，始给侍皇子阔端，为亲卫。"

⑤周庐：古代皇宫周围所设的警卫庐舍。

按：《史记》卷六《秦始皇本纪》第六："遣乐将吏卒千余人至望夷宫殿门，缚卫令仆射，曰：'贼入此，何不止？'卫令曰：'周庐设卒甚谨，安得贼敢入官？’”唐杨炯《崇文馆宴集诗序》：“周庐绮合，廨署星分。”

⑥王徭：元代卫军扈从皇帝属于服兵役。

按：《旧唐书》卷一百七十四《列传》第一百二十四《李德裕》：“德裕奏论曰：‘王智兴于所属泗州置僧尼戒坛，自去冬于江、淮已南，所在悬榜招置。江、淮自元和二年后，不敢私度。自闻泗州有坛，户有三丁必令一丁落发，意在规避王徭，影庇资产。……’”

⑦尺籍：军籍。

按：宋周必大《二老堂杂志》卷五《记金陵登览》：“有修武郎某人脱尺籍，与其媪然指苦行，前后化钱帛助土木，费以万计。”宋苏辙《次韵子瞻赠梁交左藏》：“将军走马随春风，精锐千人森尺籍。”

露 立[①]

空庭露立意茫然，簇簇飞云万马旋。
拟变清凉[②]成佛国，不教人唤四时天[③]。

①题解：无居处。

②清凉：清净，无烦忧的状态。

按：古天竺僧伽斯那撰，北齐求那毗地译《百喻经》卷一《十二煮黑石蜜浆喻》：“而望清凉寂静之道，终无是处。”宋苏轼《乘舟过贾收水阁收不在见其子》三首其二：“乐哉无一事，何处不清凉。”

③四时天：一天当中的朝、昼、夕、夜，或一年当中的春、夏、秋、冬。

按：宋龚茂良《题惠来驿》：“此是岭南春气候，日中长有四时天。”宋苏颂《次韵葛大卿题江氏寒光阁》：“况是江南风物好，待君重咏四时天。”

喜吴宗师[①]至

飞鹤驭空来，春浓洞府开。
灯光争夜月，磬韵起春雷。
玉斗[②]朝云礼，金门就日回。
的知仙桂种，玉斧更深培。

①吴宗师，即吴全节。吴全节（1269—1346），元代玄教道士，字成季，自号闲闲，又号看云道人，饶州人，年十三学道于龙虎山，尝从大宗师张留孙至大都拜见世祖，大德末授玄教嗣师，英宗至治年间授玄教大宗师、崇文弘道玄德真人。随扈上都，驻锡崇真宫。著有《看云集》。刘敏中曾作《崇真宫提点吴成季自号闲闲，扁其居室曰“冰雪相看”，以卷微言，为书三绝句》。

按：《元史》卷二百二《列传》第八十九《释老·吴全节》：“全节字成季，饶州安仁人。年十三学道于龙虎山……〔至治〕二年，制授特进、上卿、玄教大宗师、崇文弘道玄德真人、总摄江淮荆襄等处道教、知集贤院道教事，玉印一、银印二并授之。”元吴澄《题吴真人封赠祖父诰词后》：“吴真人全节寄迹道家，游意儒术，明粹开豁，超出流俗。”

②玉斗，即北斗星。

按：《魏书》卷三十六《列传》第二十四《李顺·李骞》：“运有折于玉斗，时忽亡于金镜。始蒙尘以播荡，卒流彘而居郑。彼上天之降鉴，实下民之请命。”唐李白《秋夜宿龙门香山寺，奉寄王方城十七丈、奉国莹上人，从弟幼成，令问》：“玉斗横网户，银河耿花宫。兴在趣方逸，欢余情未终。”

食杏有感

筠笼赐杏[①]得尝新，一一如拳醉脸匀。

准拟重寻旧门馆，空庭系马燕飞巡。

①赐杏：唐代始有赏赐杏子之礼，一般在夏至。

按：唐郑余庆《大唐新定吉凶书仪》：“夏至赏结杏子。”

寄王继学吏部

青春王吏部，东阁久相陪。[①]

听雪联诗送，看花并辔回。

如何千里别，不寄一书来。

拂拭题名记[②]，深知吐凤[③]才。

①至治元年，袁桷随驾入开平，曾与翰林待制王士熙同邸，至治二年再赴上都，王士熙应于此年即南坡之变前转任吏部。

②题名记：为一些重要行程或经历，将名字题写在石碑、壁柱或墙壁上。如袁桷《卢彦威与余同为待制下世已八年睹行院题名旧迹感怆写情》、黄溍《上都大龙光华严寺碑》《上都翰林国史院题名记》等均属此类。

③吐凤：文才或文字之美，也作“吐白凤”“梦吐白凤”“毫惊彩凤”“白凤”等。

按：《旧唐书》卷一百九十上《列传》第一百四十上《文苑上》：“爰及我朝，挺生贤俊，文皇帝解戎衣而开学校，饰贲帛而礼儒生，门罗吐凤之才，人擅握蛇之价。靡不发言为论，下笔成文，足以纬俗经邦，岂止雕章缛句。”唐王勃《干元殿颂序》：“词庭吐凤，玩鸟迹于春黉；书帐翻萤，阅虫文于夏阁。”

皇城曲①

堂堂瞿昙②生王宫，幼年夙悟它心通。
梵书未睹口已诵，底用城阙穷西东。
净居老人幻境异，故作恐怖生愁容。
世间习妄了莫喻，要以神化开盲聋。
岁时相仍作游事，皇城集队喧憧憧。
吹螺击鼓杂部③伎，千优百戏④群追从。
宝车瑰奇耀晴日，舞马装辔摇玲珑。
红衣飘裾⑤火山耸，白伞撑空⑥云叶丛。
王官跪酒头叩地，朱轮⑦独坐颜酡烘。
蚩氓⑧聚观汗挥雨，士女簇坐唇摇风。
人生有身要有患⑨，百岁会尽颜谁童。
西方之国道里⑩通，至今生老病死与世同。

①皇城曲，即“游皇城”所奏之曲。元代在两都举办的“游皇城”，属于佛事活动，大都的游皇城活动在二月，上都的游皇城活动在六月十五日。

按：《元史》卷七十七《志》第二十七下《祭祀六·国俗旧礼》：“世祖至元七年，以帝师八思巴之言……每岁二月十五日……周游皇城内外……兴和署掌妓女杂扮队戏一百五十人，祥和署掌杂把戏男女一百五十人……首尾排列三十余里……从西宫门外垣海子南岸，入厚载红门，由东华门过延春门而西。帝及后妃公主，于玉德殿门外，搭金脊吾殿彩楼而观览焉……夏六月中，上京亦如之。”元杨允孚《滦京杂咏》诗注：“每年六月望日，帝师以百戏入内，从西华入，然后登城设宴，谓之游皇城是也。”

②瞿昙：释迦牟尼的姓，一译乔达摩，也作“裘昙”“乔答摩”“瞿答摩”“俱谭”“具谭”等，后用作佛的代称。

按：宋陆游《苦贫》：“但使甑中余麦饭，何妨涧底采荆薪。此穷正坐清狂尔，莫向瞿昙问宿因。”

③杂部，即杂部密教，起于汉传佛教。

④百戏：以杂技为主的民间诸技，用于娱乐。最初起于秦汉曼衍之戏，经历唐宋后，渐有发展，成为节目，后为宫廷中的主要娱乐节目。

按：《汉文帝纂要》：“百戏起于秦汉曼衍之戏，技后乃有高絙、吞刀、履火、寻橦等也。”《后汉书》卷五《孝安帝纪》第五：“乙酉，罢鱼龙曼延百戏。”《元史》卷二十九《本纪》第二十九《泰定帝一》：“甲子，作佛事，命僧百八人及倡优百戏，导帝师游京城。”

⑤飘裾：藏传佛教僧人所着服饰。

⑥白伞撑空：游皇城时，以藏传佛教圣物白伞盖为中心的仪仗。

按：《元史》卷四十三《本纪》第四十三《顺帝六》：“帝谓脱脱曰：‘朕尝作朵思哥儿好事，迎白伞盖游皇城，实为天下生灵之故……’”

⑦朱轮，即显贵者所乘之车，此处应指帝师。

按：《汉书》卷七十五《眭两夏侯京翼李传》第四十五《李寻》：“将军一门九侯，二十朱轮，汉兴以来，臣子贵盛，未尝至此。”

⑧蚩氓，即蚩蚩氓，敦厚而愚昧的人，此处泛指百姓。

按：《诗经·卫风·氓》：“氓之蚩蚩，抱布贸丝。匪来贸丝，来即我谋。”

⑨有患：有己身。

按：《道德经》第十三章：“何谓贵大患若身？吾所以有大患者，为吾有身。及吾无身，吾有何患？故贵以身为天下者，则可寄于天下；爱以身为天下者，乃可以托于天下。”

⑩道里：道路，路途。

按：《管子》卷二《七法》第六：“故有风雨之行，故能不远道里矣。有飞鸟之举，故能不险山河矣。”

天童山圆上人[①]远来开平访华严以旧诗求题

三尺枯藤一卷诗，五千里外访相知。
乡音未改眉毛在，晓过岭西闻子规。

手探骊珠[②]颗颗圆，清如秋月独当天。
旧栖太白寒禁得，更上开平拟过年。

①天童山圆上人，似即圆至。圆至（1256—1298），字天隐，号牧潜，又号筠溪老衲。高安人（今属江西），俗姓姚。十九岁出家为僧，元初主建昌能仁寺。曾馆于袁桷家，与袁桷亦师亦友。有《牧潜集》。

按：清钱大昕《元史艺文志》第四《集类·别集类》："圆至，《牧潜集》七卷。"《四库全书总目》卷一百六十六《集部》十九《别集类》十九《牧潜集七卷》："元释圆至撰，圆至字牧潜，号天隐，高安人。至元以来，遍历荆襄吴越，禅理外颇能读书。……见圆至修《隆禅师塔记》，叹其文字之妙……自六代以来，僧能诗者多，而能古文者不三五人。圆至独以文见，亦缁流中之卓然者。"

②骊珠：宝珠。比较珍贵的人或事物。

按：《庄子·杂篇·列御寇》："夫千金之珠，必在九重之渊而骊龙颔下，子能得珠者，必遭其睡也。"唐温庭筠《莲浦谣》："荷心有露似骊珠，不是真圆亦摇荡。"

题信上人[1]手书

南湖凉观碧芙蕖，屡见临池晓日初。
一去天台隔生死，重来应写梵天[2]书。

①信上人，其人待考，据诗可知其为天台山僧人，与当时文人多有来往，传有关诗文可知，信上人善书画。元揭傒斯有《题信上人兰秋蕙二首》。

②梵天，佛教用语，也称造书天、婆罗贺摩天、净天等，原是印度婆罗门教的创造之神，文字母的创造者。随着佛教兴起，被称为佛教护法神之一。

按：《旧唐书》卷一百九十八《列传》第一百四十八《西戎·天竺》："其人皆学《悉昙章》，云是梵天法。书于贝多树叶以纪事，不杀生饮酒，国中往往有旧佛迹。"唐武平一《九月九日幸慈恩寺应制》："出豫从初地，登高适梵天。白云飞御藻，慧日暖皇编。"

客舍四咏[①]

肤寸出岩迟，亭亭大雅姿。
肯因风共去，独与月相随。
似絮飞无着，如山立不移。
昆冈[②]有片玉，岁晚话深期。

寒焰出房微，前山尚落晖。
酒醒光耿耿，钟定影依依。
蝶梦疑方化，[③]萤流竟不飞。
廿年长作客，[④]独照合玄机。

旧日江湖伴，多因塞北分。
身单追暮雨，翼冷帖秋云。
肯向芦边宿，还应枕上闻。
沙洲矰缴满，不是故离群。

绝顶看秋月，星沉万象奇。
难随黄鹄侣[⑤]，独与白云期。
野性便金洞，清声彻玉墀。
山中王子过，[⑥]时一听参差。

①《客舍四咏》每首诗后面的诗题分别为：孤云、孤灯、孤雁、孤鹤。元刊本、《诗渊》置于诗后；宜稼堂本置于诗前；四库本置于诗后，双行小字。

②昆冈：昆仑山。

按：《新唐书》卷四十三下《志》第三十三下《地理七下·岭南道》："又六十里至拨换城，一曰威戎城，曰姑墨州，南临思浑河。……自拨换南而东，经昆冈，渡赤河，又西南经神山、睢阳、咸泊，又南经疏树，九百三十里至于阗镇城。”《宋史》卷四百九十《列传》第二百四十九《外国六·于阗》：“本国去京师九千九百里……南接吐蕃，西北至疏勒二千余里。国城东有白玉河，西有绿玉河，次西有乌玉河，源出昆冈山，去国城西千三百里。”

③即庄周梦蝶。庄子认为，人是不可能确切区分真实、虚幻和生死物化的，就如庄周梦蝶一样。

按：《庄子·内篇·齐物论》：“昔者庄周梦为胡蝶，栩栩然胡蝶也，自喻适志与！不知周也。俄然觉，则蘧蘧然周也。不知周之梦为胡蝶与？胡蝶之梦为周与？周与胡蝶，则必有分矣。此之谓‘物化’。”

④袁桷大德六年赴大都，时年三十七岁；至治二年成《开平第四集》，时年五十七岁。二十年之间，除短暂回归故乡，多数时间都寓居大都以及扈从上都。

⑤鹄，宜稼堂本、四库本同元刊本；《诗渊》作“鹤”，亦通。鹄侣：即鸿俦鹤侣。鸿、鹤为群居高飞之鸟，也用以比喻高洁、杰出的人。

按：唐黎逢《贡举人见于含元殿赋》：“今则凝神注目，无非绣户金铺；接踵比肩，尽是鸿俦鹤侣。”唐白居易《酬赵秀才赠新登科诸先辈》：“莫羡蓬莱鸾鹤侣，道成羽翼自生身。”

⑥山中王子过，即王子乔骑鹤。

按：汉刘向《列仙传》卷上《王子乔》：“王子乔者，周灵王太子晋也。好吹笙作凤凰鸣。游伊、洛之间，道士浮丘公接上嵩高山。三十余年后，求之于山上，见桓良，曰：‘告我家，七月七日待我于缑氏山巅。’至时，果乘白鹤驻山头，望之不得到。举手谢时人，数日而去。”晋谢灵运《王子晋赞》：“淑质非不丽，难之以万年。储宫非不贵，岂若上登天。王子复清旷，区中实哗喧。既见浮丘公，与尔共纷翻。”南朝梁江淹《王太子乔》：“子乔好轻举，不待炼银丹。控鹤去窈窕，学凤对巑岏。山无一春草，谷有千年兰。云衣不踯躅，龙驾何时还。”

次韵圆上人[①]

大荒沙漠境全真，平楚天低绝见闻。
此处无愁谁会得，琵琶一曲问昭君。

我家鄞水望江神，君住鄞山半岭云。
同向天涯作行客，定知猿鹤[②]有移文[③]。

万解千言任所之，一花五叶[④]总牟尼[⑤]。
九龙峰锁难分别，会见芙蕖长玉池。

①圆上人，应与天童山圆上人为同一人。见前《天童山圆上人远来开平访华严以旧诗求题》“圆上人”条注。

②猿鹤，即猿与鹤，借指隐逸之士。

按：《宋史》卷二百九十九《列传》第五十八《石扬休》：“扬休喜闲放，平居养猿鹤，玩图书，吟咏自适，与家人言，未尝及朝廷事。”

③移文，指孔稚珪《北山移文》，内容主要为表彰真隐士，揭露假隐士。

按：宋辛弃疾《柳梢青·三山归途代白鸥见嘲》：“好把《移文》，从今日日，读取千回。”

④一花，也作“一华”，佛教传入我国后，禅宗以达摩为祖，称“一花”；五叶，佛教禅宗发展演变的五个流派，即沩仰、临济、曹洞、法眼、云门。

按：宋释道原《景德传灯录》卷三《中华五祖并旁出尊宿·第二十八祖菩提达磨》：“吾本来兹土，传法救迷情。一华开五叶，结果自然成。”

⑤牟尼，指佛祖释迦牟尼。

按：元马端临《文献通考》卷二百二十七《经籍考》五十四《子·释氏》：“或者又曰：‘夫在家以养口体、视温清为孝者，其孝小；出家得道而升济父母于人天之上者，其孝大。佛非不孝也，将以为大孝也。’则应之曰：‘良价之杀父，效牟尼之逃父而为之者也……’”

次韵华严贺李彦方除监察御史

秀采寒光敌楚金①，词锋能继九州箴。
凤池旧直惊人海，乌府②新除表士林。
毡绍家声真素业，简誊民瘼是丹心。
华严莲社③相期远，应许遗民得共寻。

①楚金：楚地所产之良铁。

按：《左传·僖公十八年》："郑伯始朝于楚，楚子赐之金，既而悔之，与之盟曰：'无以铸兵！'故以铸三钟。"汉陈琳《武军赋》："其刃也，则楚金越冶，棠溪名工，清坚皓锷，修刺锐锋。陆陷蕊犀，水截轻鸿。"唐李中《依韵酬智谦上人见寄》："吾师惠佳句，胜得楚金归。"

②乌府：御史府的别称。汉御史府中列植柏树，常有乌鸦数千栖于其上，因而将御史称为乌台，台又称柏林、柏乌、柏署、乌府、台柏、台乌、兰台等。

按：《汉书》卷八十三《薛宣朱博传》第五十三《朱博》："是时，御史府吏舍百余区井水皆竭；又其府中列柏树，常有野乌数千栖宿其上，晨去暮来，号曰'朝夕乌'，乌去不来者数月，长老异之。"

③佛教净土宗又称莲宗，东晋慧远大师居庐山，与刘遗民等十八僧俗结社念佛，同修净土，在寺中凿池植白莲，于是称"莲社"，又称"白莲社"。

按：晋佚名《东林莲社十八高贤传·谢灵运》："谢灵运为康乐公主孙，袭封康乐公。至庐山，一见远公，肃然心服，乃即寺筑台，翻《涅槃经》，凿池种白莲。时远公诸贤同修净土之业，因号'白莲社'。"宋释道诚《释氏要览》卷上《住处·莲社》："昔晋慧远法师，唐宣宗谥大觉法师。雁门人，住庐山虎溪东林寺，招贤士刘遗民、宗炳、雷次宗、张野、张诠、周续之等为会，修西方净业。彼院多植白莲。又弥陀佛国，以莲华分九品，次第接人，故称莲社……净土广多，遍求则心乱，乃确指安养净土，为栖神之所，故名莲社、净社尔。"

彭法师[1]祷雨[2]有感

神京岁岁春夏交，干风卷尘喧四郊。
银潢清寒不可挽，火砾燥露焚乌巢。
庙堂忧惶走群望[3]，桂酒跪沥陈牲淆。
飞云虚无恣强魃[4]，古涧偃蹇专幽蛟。
拾[5]蜴旋舞破瓮缶，仿龙作形縻藁茭。
或夸巫言击长剑，或骋梵语鸣铜铙。
老彭之孙赤松派[6]，尸坐[7]直欲鸿蒙[8]包。
深知天水本一气[9]，山泽妙感穷羲爻[10]。
三玄上章[11]给风札[12]，九渊投简惊鲛绡。
大青小青各受令，旋转急注搜岩坳。
初疑飞缯蔽云顶，恍若银竹穿林梢。
乌冲沉冥旧栖失，虎度泥淖前林咆。
乃知至道在瓦砾，芒刃不缺须良庖。
皇皇真宰[13]烛万类，神运溥博民同胞。
前驱招摇后玄武，朱冠铁骑森旄旂。
精诚相通颜咫尺，聋瞽未识徒讥嘲。
白头太史讵妄记，愿以彩笔穷模描。

①彭法师，似应为元代宜春道士彭有年或宋代彭汝砺尚书之弟忠毅公彭汝方后裔，究竟为哪一人，待考，二人均身为道士，与作者交谊且可能游历上都。

按：元许有壬《椿堂赋》：“为宜春彭有年道士作……余游上京，有客北穷夫金山，西历夫贺兰，南逾雕题，东超三韩……维老彭之遗裔，握六气以自驯……客揖而去，遂为之赋。”元许有壬《送彭道士侍亲诗序》：“彭尚书举进士第一……其弟忠毅公……皇元大一统，宋故家子孙变灭澌尽，独忠毅公裔孙南阳作而曰：‘吾宜游于方外矣。’……未逾年，则曰：‘讵宜久京师居……’”

②祷雨：祈神降雨，有时通过佛、道人士祈祷来完成。

按：《宋史》卷一《本纪》第一《太祖一》："甲戌，命宰相祷雨。"《宋史》卷四《本纪》第四《太宗一》："辛亥，命群臣祷雨。癸丑，京畿雨足。"

③望，不能亲到，望而遥祭，也指受祭于天子、诸侯的山川星辰。

按：《周礼》卷十八《大宗伯》："国有大故，则旅上帝及四望。王大封，则先告后土。"

④魃，即旱魃，古代神话传说中引起旱灾的怪物，所到之处赤地千里。

按：《诗经·大雅·云汉》："旱既大甚，涤涤山川。旱魃为虐，如惔如焚。我心惮暑，忧心如熏。"《山海经》卷十七《大荒北经》："有系昆之山者，有共工之台，射者不敢北乡。有人衣青衣，名曰黄帝女魃。蚩尤作兵伐黄帝，黄帝乃令应龙攻之冀州之野。应龙蓄水，蚩尤请风伯雨师，纵大风雨。黄帝乃下天女曰魃，雨止，遂杀蚩尤。魃不得复上，所居不雨。"宋杨简《湍水岩祷雨诗》："驱除旱魃无余事，感召灵神在寸忱。"

⑤拾，宜稼堂本同元刊本；四库本作"蜥"。

⑥赤松派，又名赤诵子、赤松子舆，古代上古神话传说中的神仙，各家记载说法不一，一说为神农时的雨师，一说为帝喾之师，后为道教所信奉之神。

按：汉刘向《列仙传》卷上《赤松子》："赤松子者，神农时雨师也。服水玉，以教神农，能入火自烧。往往至昆仑山上，常止西王母石室中，随风雨上下，炎帝少女追之，亦得仙俱去。高辛时，复为雨师。今之雨师本是焉。"《汉书》卷四十《张陈王周传》第十《张良》："今以三寸舌为帝者师，封万户，位列侯，此布衣之极，于良足矣。愿弃人间事，欲从赤松子游耳。"宋史浩《史浩集》卷二十六《王参政》："风月香山，时讲白乐天之会；烟霞留邑，果从赤松子之游。"

⑦尸坐：即坐尸，古代祭祀时以臣下或晚辈象征死者神灵，代死者受祭，称为"尸"。殷时之尸坐于堂上受祭，称为"坐尸"。

按：《礼记》卷二十六《郊特牲》："诏祝于室，坐尸于堂，用牲于庭，升首于室。直祭祝于主，索祭祝于祊。不知神之所在，于彼乎？于此乎？或诸远人乎？"

⑧鸿蒙：迷漫广大的样子。

按：《庄子·外篇·在宥》："云将东游，过扶摇之枝而适遭鸿蒙。"《汉书》卷八十七上《扬雄传》第五十七上："外则正南极海，邪界虞渊，鸿蒙沆茫，碣以崇山。"

⑨天水一气：也称先天一气、元始祖气，是构成天地万物的基本元素。

按：宋张伯端《绝句》六十四首其十二："道自虚无生一气，便从一气产阴阳。阴阳再合成三体，三体重生万物昌。"

⑩羲爻，即爻。《易》卦的基本符号，相传为伏羲所作而得名。

按：唐黄滔《贺杨侍郎启》："伏以羲爻不兆之文，何人复演；鲁史不褒之言，旷古谁称！厥理非遥，斯言可喻。"

⑪上章：道士上表求神。

按：《晋书》卷八十《列传》第五十《王羲之·王献之》："献之遇疾，家人为上章，道家法应首过，问其有何得失。对曰：'不觉余事，惟忆与郗家离婚。'献之前妻，郗昙女也。"

⑫凤札，即凤札龙书，指仙界的书札。

按：唐杜光庭《蜀王仙都山醮词》："凤札龙书，靡存于鲁壁；虎符龟箓，难访于秦坑。大教凌夷，所宜弘拯。"

⑬真宰：宇宙的主宰。

按：《庄子·内篇·齐物论》："非彼无我，非我无所取。是亦近矣，而不知其所为使。若有真宰，而特不得其朕。可行已信，而不见其形，有情而无形。"唐杜甫《遣兴》二首其一："性命苟不存，英雄徒自强。吞声勿复道，真宰意茫茫。"

近为卢真人作桐柏山赋以旧贤四咏复令赋诗次韵①

双阙高蹲仙境分，深留绝顶独耕耘。
鸡啼流水村非远，犬吠隔溪人始闻。
翠蔓满林俱上药，黄云②封户总回文。
层霄笙鹤须臾见，不用谈空李少君③。

王子乘鸾④八极周，参差吹⑤彻此淹留。
缑山⑥未信双钠远，沧海端如一羽浮。
碑耸蛟螭擎雨露，赋铿金石阅春秋。
莫言刘阮⑦归无迹，政与寒岩⑧二子游。

远瞰神山接海潮，群峰匝匝翠周遭。
漆书⑨旧字开苍藓，金鼎寒光映碧桃。
瀑溅花香疑过雨，风回松吹似惊涛。
昔年曾说王灵宝⑩，冷笑人间有二毛⑪。

雷起平田过雨腥，居民犹说老龙灵。
泉流洞口凝钟乳，月落松间照茯苓。
琴罢忽惊人换世，丹成深劝客延龄。
仙翁久作朝元⑫客，赢得瑶坛⑬满鹤翎。

①《近为卢真人作桐柏山赋以旧贤四咏复令赋诗次韵》，宜稼堂本、四库本同元刊本；《诗渊》脱“作桐柏山赋”。桐柏山，浙江天台桐柏山，有桐柏宫，原名桐柏观、桐柏崇道观，是道教主流全真派南宗的祖庭，唐宋时达到鼎盛。后面两组组诗，应为诗人在上都期间酬唱卢真人的诗作，内容多与此地风光、宗教有关。卢真人，似应即后所言凝和卢君，其生平、经历待考。

按：袁桷《桐柏观赋序》：“孙兴公《天台赋》，运意高简，忘象以求，斯得之。凝和卢君居是山，以《桐柏观图》授余，曰：‘子为我演绎其景。’不揆瓦石，援笔为之。”

②黄云：祥瑞之气。

按：《汉书》卷二十五上《郊祀志》第五上：“天子使验问巫得鼎无奸诈，乃以礼祠，迎鼎至甘泉，从上行，荐之。至中山，晏温，有黄云焉。”《宋书》卷二十七《志》第十七《符瑞上》：“帝尧之母曰庆都，生于斗维之野，常有黄云覆护其上。”

③李少君：汉代方士，因方术而被汉武帝看重。

按：《史记》卷十二《孝武本纪》第十二：“是时而李少君亦以祠灶、谷道、却老方见上，上尊之。”

④王子乘鸾：即王子乔乘鹤升仙的故事。见《客舍四咏》“山中王子过”条注。

⑤吹，宜稼堂本、《诗渊》同元刊本；四库本作“次”，形似而误。

⑥缑山：据传说，西王母姓缑，曾在此山修炼，后此山得名缑氏山，简称缑山。

按：《史记》卷十二《孝武本纪》第十二：“其冬，公孙卿候神河南，见仙人迹缑氏城上，有物若雉，往来城上。天子亲幸缑氏城视迹。问卿：‘得毋效文成、五利乎？’卿曰：‘仙者非有求人主，人主求之。其道非少宽假，神不来。言神事，事如迂诞，积以岁乃可致。’于是郡国各除道，缮治宫观名山神祠所，以望幸矣。”

⑦刘阮：刘晨、阮肇的合称。

按：宋高似孙《剡录》卷三《先贤传·仙道》：“刘晨、阮肇，剡县人。汉明帝永平十五年，采药于天台山，望山头有一桃树，取食之。又流水中有胡麻饭屑，二人相谓曰：‘去人不远。’因过水，深四尺许。行一里，又度一山，出大溪，见二女颜容绝妙，便唤刘阮姓名，问：‘郎来何晚也？’馆服精华，东西帷幔宝络，左右尽青衣。进胡麻饭、山羊脯，设甘酒，歌调作乐，日暮止宿。住半年，天气和适，常如二三月。鸟鸣悲惨，求归甚切。女唤诸仙女歌吹送还郎。乡中怪异，验得七代子孙，传闻祖翁入山，不知何在。太康八年，失二公所在。”

⑧寒岩：天台山的一座大洞，称“寒岩洞天”，传说唐代高僧寒山子曾在此洞修行。

按：唐寒山子《诗三百三首》其四十：“独回上寒岩，无人话合同。寻究无源水，源穷水不穷。”

⑨漆书：用漆书写的文字。传说孔子八世孙在焚书坑儒时将儒家经典用漆书写于夹壁墙上，后得以幸存。

按：《后汉书》卷二十七《宣张二王杜郭吴承郑赵列传》第十七《杜林》：“林前于西州得漆书《古文尚书》一卷，常宝爱之，虽遭难困，握持不离身。”南北朝周兴嗣《千字文》：“杜稿钟隶，漆书壁经。府罗将相，路侠槐卿。”

⑩王灵宝：宋徽宗时，桐柏道士王灵宝善医术，被皇帝召唤入京为太后医病，及愈，赐游御花园，并获赠伯夷、叔齐石像后回天台。

按：宋赵师秀《桐柏观》：“石坛遗鹳羽，粉壁剥龙形。道士王灵宝，轻强满百龄。”

⑪二毛，即斑白的头发，常用以指老年人。

按：《左传·僖公二十二年》：“国人皆咎公，公曰：‘君子不重伤，不禽二毛。古之为军也，不以阻隘也。寡人虽亡国之余，不鼓不成列。’”晋潘岳《秋兴赋》：“晋十有四年，余春秋三十有二，始见二毛。”

⑫朝元，指道教徒朝拜老子。唐初追尊老子李耳为太上玄元皇帝，因称朝拜老子为朝元。

按：《旧唐书》卷五《本纪》第五《高宗下》：“二月己未，次亳州。幸老君庙，追号曰太上玄元皇帝，创造祠堂。其庙置令、丞各一员。改谷阳县为真源县，县内宗姓特给复一年。”唐白居易《寻郭道士不遇》：“郡中乞假来相访，洞里朝元去不逢。看院只留双白鹤，入门唯见一青松。”

⑬瑶坛：用美玉堆砌而成的高台，此处指神仙的住处。

按：《晋书》卷五十五《列传》第二十五《张载·张协》：“朔惠风于蘅薄，眷椒涂于瑶坛。”《后汉书》卷八十二上《方术列传》第七十二上：“然神经怪牒，玉策金绳，关扃于明灵之府，封縢于瑶坛之上者，靡得而阙也。”

再次韵

门首穹碑字八分[①]，寸田尺宅劝锄耘。
云归古[②]洞疑无着，雷过前山似不闻。
磨石旋风空世劫，梭溪织水起寒纹。
年年秋月层台上，仿佛虚无下帝君。

堂堂王子悯宗周，不住缑山此地留。[③]
玉髓[④]定将金箧贮，沧波能使羽觞[⑤]浮。
绛桃带雨飘红雪，翠树停云起素秋。
绝顶银盘宫阙烂，不须更向紫霄游。

夹山松瀑似秋潮，老鹤调雏日一遭。
欲与双成[⑥]同劝酒，却嫌方朔强偷桃。[⑦]
草沿碧涧千年药，雪释琼城百尺涛。
闻道玉蟾三度到，通明金骨旧皮毛。[⑧]

久食青精[⑨]厌世腥，无心折草总通灵。
望云岸帻[⑩]招归鹤，滴露濡毫传负苓。
峰顶丹成真九转[⑪]，洞中棋罢已千龄。[⑫]
嗟余犹是征涂客，四上开平数雁翎。

①八分，即八分书，隶书的一种，人们把带有明显波磔特征的隶书称为“八分书”，也称分书、分隶。

按：《隋书》卷三十二《志》第二十七《经籍一》：“魏世又有八分书，其字义训读，有《史籀篇》《苍颉篇》《三苍》《埤苍》《广苍》等诸篇章，训诂、《说文》、《字林》、音义、声韵、体势等诸书。”

②古，宜稼堂本、《诗渊》同元刊本；四库本作“右”，形似而误。

③王子，指周灵王姬泄心之子晋。太子晋因洪水心忧百姓和国家安危，却因此触怒周王，后被贬为平民。

按：《大明一统志》卷二十九《河南布政司·河南府·山川》：“在偃师县南四十里，周灵王太子晋升仙之所，上有石室、饮鹤池，一名覆釜堆。”《旧唐书》卷二十三《志》第三《礼仪三》：“封启母神为玉京太后，少室阿姨神为金阙夫人；王子晋为升仙太子，别为立庙。”

④玉髓：玉膏，道家认为服食可以成仙。

按：《魏书》卷七十二《列传》第六十《阳固》：“咀玉髓而充渴兮，嚼正阳以长生。”唐皮日休《以毛公泉一瓶献上谏议因寄》：“澄如玉髓洁，泛若金精鲜。颜色半带乳，气味全和铅。”

⑤羽觞：又称羽杯、耳杯，盛酒器，外形椭圆、浅腹、平底，有时也有饼形足或高足，两侧有半月形双耳，就像鸟的双翼，因而得名“羽觞”。

按：《汉书》卷九十七下《外戚传》第六十七下《孝成班倢伃》：“顾左右兮和颜，酌羽觞兮销忧。惟人生兮一世，忽一过兮若浮。”唐李白《春夜宴从弟桃花园序》：“开琼筵以坐花，飞羽觞而醉月。”唐李百药《和许侍郎游昆明池》：“羽觞倾绿蚁，飞日落红鲜。”

⑥双成，即董双成，神话传说中西王母的侍女。

按：唐李白《桂殿秋》：“仙女下，董双成，汉殿夜凉吹玉笙。”宋陈旸《乐书》卷一百五十《乐图论》：“西王母命侍女董双成吹云和之笙。”

⑦方朔，即东方朔。中国古代有东方朔偷桃的传说。

按：宋李昉等《太平御览》卷三百七十八《人事部》十九《短绝域人》：“东郡送一短人……召东方朔问，朔至，呼短人曰：‘巨灵，汝何忽叛来，阿母还未？’短人不对，因指朔谓上曰：‘王母种桃，三千年一作子，此儿不良，已三过偷之矣。’”

⑧此处有原注：“玉蟾或云在罗浮未化。”宜稼堂本、四库本同元刊本；《诗渊》脱此原注。

⑨青精，即立夏吃的乌木饭，相传能延年益寿。

按：宋林洪《山家清供》卷上《青精饭》：“青精饭，首以此，重谷也。按《本草》：‘南烛木，今名黑饭草，又名旱莲草。’即青精也。采枝叶捣汁，浸上白好粳米，不拘多少，候一二时，蒸饭，曝干，坚而碧色，收贮。如用时，先用滚水量米数，煮一滚，即成饭矣。用水不可多，亦不可少，久服延年益颜。仙方又有青精石饭，世未知石为何也。”宋苏轼《次韵程正辅游碧落洞》：“黄公献紫芝，赤松馈青精。”宋陆游《星坐道室有感》：“一钵青精便有余，世间万事总成疏。”

⑩岸帻：推起头巾，露出前额。形容态度洒脱，或衣着简率不拘。

按：《晋书》卷七十九《列传》第四十九《谢安·谢奕》：“奕字无奕，少有名誉……在温坐，岸帻笑咏，无异常日。桓温曰：‘我方外司马。’奕每因酒，无复朝廷礼，尝逼温饮，温走入南康主门避之。”唐白居易《喜与杨六侍御同宿》：“岸帻静言明月夜，匡床闲卧落花朝。”

⑪丹成，即九转丹成，道教用语，即炼得九转金丹，后常用来比喻经过不懈努力终于获得成功。

按：晋葛洪《抱朴子内篇》卷四《金丹》：“其一转至九转，迟速各有日数多少，以此知之耳。其转数少，其药力不足，故服之用日多，得仙迟也。其转数多，药力盛，故服之用日少，而得仙速也。”

⑫表示山中方数日，世上已千年。

按：南朝梁任昉《述异记》卷上：“信安郡有石室山，晋时王质伐木，至，见童子数人棋而歌，质因听之，童子以一物与质含之，不觉饥。俄顷，童子谓曰：‘何不去？’质起视，斧柯烂尽。既归，无复时人。”

上上人[①]游开平回四明[②]

圆帽[③]方袍[④]上上京，看山碧眼雪分明。
南来白雁先秋去，我辈无情合有情。

①上上人生平事迹不详。

②四明：浙江旧宁波府的别称，因境内有四明山而得名。

按：《旧唐书》卷四十《志》第二十《地理三·江南道·江南东道》："开元二十六年，于越州鄮县置明州。天宝元年，改为余姚郡。乾元元年，复为明州，取四明山为名。"唐李白《早望海霞边》："四明三千里，朝起赤城霞。"

③圆帽：像笠，较小，用乌纱制作，里面加以漆。据传始于元世祖。袁桷诗句中经常出现"圆帽"一词，如"圆帽方袍入帝都""方袍圆帽眼如鹜"等。

④方袍：僧人所穿的袈裟，因平摊呈方形而得名。

按：唐许浑《泊蒜山津闻东林寺光仪上人物故》："云斋曾宿借方袍，因说浮生大梦劳。言下是非齐虎尾，宿来荣辱比鸿毛。"元辛文房《唐才子传》卷三《道人灵一》："虽寂寥之山河，实威仪之渊薮。宠光优渥，无逾此时。故有颠顿文场之人，憔悴江海之客，往往裂冠裳，拨矰缴，杳然高迈，云集萧斋，一食自甘，方袍便足，灵台澄皎，无事相干。"

成君辅广济堂①

车马填门日不停，刀圭②上药已通灵。
应须重作铁门限③，坐见尧民④寿百龄。

①成君辅，应为袁桷同时代人，其生平事迹不详。广济堂，应为其医馆名称。

按：元张养浩《圣惠泉记》："延安邑有井，在宣圣庙旁。始邑无学，至元壬辰，成君辅之倡邑人经始焉。"

②刀圭：中药的量器名，也指药物或医术。

按：晋葛洪《抱朴子内篇》卷四《金丹》："服之三刀圭，三尸九虫皆即消坏，百病皆愈也。"唐王绩《采药》："且复归去来，刀圭辅衰疾。"

③铁门限：用铁打或者用铁皮包裹着的门槛。原指人们为自己作长久打算，此处指来求医问诊的人多，以至于踏破门槛。见前《再次韵答李彦方应奉》"冢"条注。

按：唐王梵志《世无百年人》："世无百年人，强作千年调。打铁作门限，鬼见拍手笑。"宋苏轼《赠堂州报恩长老》二首其一："凭师为作铁门限，准备人间请话人。"

④尧民：指安逸富足的百姓，如同上古尧帝时期一样。见前《嘉禾图》"击壤"条注。

按：宋范仲淹《送河东提刑张太傅》："尧民击壤歌，千古犹得闻。君有经济心，润以金石文。"宋赵蕃《曝日》二首其一："人知受天赐，为我乐尧民。"

内宴①二首

宝勒②猩缨雁翅屯，锡銮款款奏南薰。
珠冠耸翠千行列，雉扇③交鸾五采分。
宫漏④解留黄道日⑤，御炉能接紫霄云。
汉家天子空英武，置酒争功⑥始考文⑦。

棕殿⑧沉沉晓日清，静鞭初彻四无声。
挏官玉乳千车送，酒正琼浆万瓮行。
肯以驼峰专北馔，不须瑶柱诧南烹。
先皇雄略函诸夏⑨，拟胜周家宴镐京⑩。

①内宴：皇帝在宫中所设招待大臣的宴会，也称"内燕"。元代宫廷燕享名目繁多，在上都最主要的宫廷燕享活动就是在大失剌斡耳朵举办的诈马宴。

按：《南齐书》卷二十五《列传》第六《张敬儿》："后数年，上与豫章王嶷三日曲水内宴，舴艋船流至御坐前覆没，上由是言及敬儿，悔杀之。"元周伯琦《诈马行并序》："国家之制，乘舆北幸上京，岁以六月吉日，命宿卫大臣及近侍服所赐只孙，珠翠金宝、衣冠腰带、盛饰名马。清晨，自城外各持采杖，列队驰入禁中。于是，上盛服御殿临观，乃大张宴为乐。惟宗王戚里、宿卫大臣，前列行酒。余各以所职叙坐合饮。诸坊奏大乐，陈百戏，如是者凡三日而罢。其佩服，日一易。太官用羊二千，嗷马三百匹，它费称是。名之曰'只孙宴'。'只孙'，华言一色衣也，俗呼曰'诈马筵'。"

②宝勒：装饰华贵的马络头，也指装饰华贵的马。

按：汉陈琳《马脑勒赋》："尔乃他山为错，荆和为理，制为宝勒，以御君子。"宋吴文英《渡江云三犯·西湖清明》："旧堤分燕尾，桂棹轻鸥，宝勒倚残云。"

③雉扇：即雉尾扇，古代帝王仪仗用具之一。

按：晋崔豹《古今注》卷上《舆服》："雉尾扇，起于殷世。高宗时有雊雉之祥，服章多用翟羽。周制以为王后、夫人之车服。舆车有翣，即缉雉羽为扇翣，以障翳风尘也。汉朝乘舆服之，后以赐梁孝王。魏晋以来无常，惟诸王皆得用之。"宋王溥《五代会要》卷六《论乐上》："翟，山雉也，以雉羽分析连攒而为之。二人执纛前引，数于舞人之外。"《宋史》卷一百四十三《志》第九十六《仪卫一》："古者扇翣，皆编次雉羽或尾为之，故于文从'羽'。唐开元改为孔雀，凡大朝会，陈一百五十有六，分居左右。国朝复雉尾之名，而四面略为羽毛之形，中绣双孔雀，又有双盘龙扇，皆无所本。"

④宫漏：古代宫中计时器具，用铜壶滴漏。

按：《宋史》卷六十六《志》第十九《五行四·金》："宋以周显德七年庚申得天下。图谶谓'过唐不及汉，一汴、二杭、三闽、四广'，又有'寒在五更头'之谣，故宫漏有六更。"唐白居易《同钱员外禁中夜直》："宫漏三声知半夜，好风凉月满松筠。"唐李益《杂曲歌辞·汉宫少年行》："暗闻弦管九天上，宫漏沈沈清吹繁。"

⑤黄道，此处主要指黄道吉日，泛指宜于办事的好日子。旧时人们以星象来推算吉凶，认为青龙、明堂、金匮、天德、玉堂、司命六个星宿是吉神，六辰值日之时，诸事皆宜，不避凶忌，称为"黄道吉日"。

按：《汉书》卷二十六《天文志》第六："日有中道，月有九行。中道者，黄道，一曰光道。光道北至东井，去北极近；南至牵牛，去北极远；东至角，西至娄，去极中。"

⑥置酒争功，指汉代群臣争功，叔孙通劝汉高祖以文治天下的典故。

按：《史记》卷九十九《刘敬叔孙通列传》第三十九："汉五年，已并天下，诸侯共尊汉王为皇帝于定陶，叔孙通就其仪号。高帝悉去秦苛仪法，为简易。群臣饮酒争功，醉或妄呼，拔剑击柱，高帝患之。叔孙通知上益厌之也，说上曰：'夫儒者难与进取，可与守成。臣愿征鲁诸生，与臣弟子共起朝仪。'"

⑦考文：以考试词章为主要形式的科举考试。

按：《旧唐书》卷一百一十九《列传》第六十九《杨绾》："今试学者以帖字为精通，不穷旨义，岂能知迁怒贰过之道乎？考文者以声病为是非，唯择浮艳，岂能知移风易俗化天下之事乎？”

⑧棕殿，即棕毛殿，元上都别殿。见前《装马曲》“棕殿”条注。

⑨周代分封的各诸侯国，后也泛指中原地区。

按：《左传·僖公二十一年》：“任、宿、须句、颛臾，风姓也。实司太皞与有济之祀，以服事诸夏。邾人灭须句，须句子来奔，因成风也。成风为之言于公曰：‘崇明祀，保小寡，周礼也；蛮夷猾夏，周祸也。若封须句，是崇皞、济而修祀，纾祸也。’”《后汉书》卷四十下《班彪列传》第三十下《班固》：“然后增周旧，修洛邑，翩翩巍巍，显显翼翼，光汉京于诸夏，总八方而为之极。”

⑩镐京，陕西长安西北，是西周都城，周武王即位时，迁都于此。

按：《诗经·大雅·文王有声》：“考卜维王，宅是镐京。维龟正之，武王成之。武王烝哉。”唐李白《杂言用投丹阳知己兼奉宣慰判官》：“始从镐京还，复欲镐京去。”唐张说《奉和圣制春中兴庆宫酺宴应制》：“镐京陪乐饮，柏殿奉文飞。”

伏 日

伏日车中闭，炎蒸不自由。
转旋疑病酒[①]，掀簸似惊舟。
山色随眸转，溪声着耳流。
艰难吾敢让，猿鹤故山秋。

①病酒：由于饮酒过量而生病的样子。

按：《晏子春秋》卷一《内篇谏上》第一：“景公饮酒，酲，三日而后发。晏子见曰：‘君病酒乎？’公曰：‘然。’”唐冯延巳《鹊踏枝》：“日日花前常病酒，不辞镜里朱颜瘦。”宋陆游《病酒述怀》：“醉伴见侬因病酒，道侬无酒不相窥。”

龙　门

君恩八度过龙门，眼见蜿蜒守黑云。
漠漠沙田荒砾满，空将霖雨一溪分。
巨灵[①]何日擘双门，千古英雄底死论。
落日碎金寒涧里，销磨犹是仆姑痕。

①巨灵：传说中劈开华山的河神。

按：汉张衡《西京赋》："缀以二华，巨灵赑屃。高掌远跖，以流河曲，厥迹犹存。"晋干宝《搜神记》："二华之山，本一山也。当河，河水过之而曲行，河神巨灵以手擘开其上，以足蹈离其下，中分为两，以利河流。"唐李白《西岳云台歌送丹丘子》："巨灵咆哮擘两山，洪波喷箭射东海。"

戏题开平四集

开平四集诗百首，不是故[1]歌行路难。

竹簟[2]暑风茅屋下，它年拟作画图看。

①故，四库本同元刊本；宜稼堂本作“放”，形似而误。

②竹簟：竹席。

按：唐元稹《竹簟》：“竹簟衬重茵，未忍都令卷。”宋苏轼《玉堂栽花周正孺有诗次韵》：“竹簟暑风招我老，玉堂花蕊为谁春。”

附录

奉题开平百首诗后

王士熙[①]

玉海云生贝阙高，骑鲸[②]人去采芝遨。
滦江一夕秋风到，瑟瑟珊瑚涌翠涛。

①王士熙，元代著名文学家，曾任中书省参知政事，官南台御史中丞。

按：《元诗选》："士熙，字继学，东平人。翰林学士承旨构子，以文学世其家。尝师事蜀郡邓文原，博学工文，声名日振。累升中书省参知政事，官南台御史中丞卒。继学为诗，长于乐府歌行，与袁伯长、马伯庸、虞伯生、揭曼硕、宋诚夫辈唱和馆阁，雕章丽句，脍炙人口。如杜、王、岑、贾之在唐，杨、刘、钱、李之在宋，论者以为有元盛世之音也。"《四库全书总目》卷一百七十四《集部》二十七《别集类存目一·王鲁公诗抄一卷》："士熙字继学，东平人。翰林学士承旨构之子。以文学世其家，历官中书省参知政事。在馆阁日与虞集、袁桷等唱和，论者比之唐岑贾、宋杨刘，为有元盛世之音。"

②骑鲸：指隐逸、游仙，也作"骑鲸鱼""骑长鲸"。

按：《汉书》卷八十七上《扬雄传》第五十七上："入洞穴，出苍梧，乘巨鳞，骑京鱼。浮彭蠡，目有虞。"宋苏辙《戏呈试官次前韵》十一首其二："安得骑鲸从李白，试看牛女转云车。"

作家小传·其一　袁桷

袁桷，字伯长，庆元人，宋同知枢密院事韶之曾孙。为童子时，已著声。部使者举茂才异等，起为丽泽书院山长。

大德初，阎复、程文海、王构荐为翰林国史院检阅官。时初建南郊，桷进十议曰："天无二日，天既不得有二，五帝不得谓之天，作《昊天五帝议》。祭天岁或为九，或为二，作《祭天名数议》。圜丘不见于《五经》，郊不见于《周官》，作《圜丘非郊议》。后土，社也，作《后土即社议》。三岁一郊，非古也，作《祭天无间岁议》。燔柴见于古经，《周官》以禋祀为天，其义各有旨，作《燔柴泰坛议》。祭天之牛角茧栗，用牲于郊，牛二，合配而言之，增群祀而合祠，非周公之制矣，作《郊不当立从祀议》。郊，质而尊之义也，明堂，文而亲之义也，作《郊明堂礼仪异制议》。郊用辛，鲁礼也，卜不得常为辛，作《郊非辛日议》。北郊不见于《三礼》，尊地而遵北郊，郑玄之说也，作《北郊议》。"礼官推其博，多采用之。升应奉翰林文字、同知制诰，兼国史院编修官，请购求辽、金、宋三史遗书。历两考，迁待制；又再任，拜集贤直学士。久之，移疾去官。复仍以直学士召入集贤，未几，改翰林直学士、知制诰同修国史。至治元年，迁侍讲学士。泰定初，辞归。

桷在词林，朝廷制册、勋臣碑铭，多出其手。所著有《易说》《春秋说》《清容居士集》。泰定四年卒，年六十一。赠中奉大夫、江浙等处行中书省参知政事、护军，追封陈留郡公，谥文清。

——《元史》卷一百七十二《列传》第五十九

作家小传·其二　袁学士桷

桷字伯长，庆元人，宋同知枢密院事韶之曾孙也。童子时有能文名，部使者举茂才异等，授丽泽书院山长。大德初，阎复、程文海、王构交荐之，改翰林国史院检阅官。时初建南郊，疏十议以进。礼官推其博，多采用者。擢应奉翰林文字、同知制诰兼国史院编修官。累进翰林待制、集贤直学士，同修国史。至治元年，迁侍讲学士。泰定初辞归，卒年六十有一。赠江浙行省参知政事，追封陈留郡公，谥文清。伯长初师事剡源戴帅初。稍长，在王深宁之门，复从舒岳祥游。家固多藏书，又亲见中原文献，其学最为有本。及在词林，朝廷制册、勋臣碑铭，多出其手。家居以后，修辟南园故址，结小亭，读书其中。翰墨所传，极于海内。所著有《易说》《春秋说》及《清容居士集》五十卷。元兴，承金宋之季，遗山元裕之以鸿朗高华之作振起于中州，而郝伯常、刘梦吉之徒继之。故北方之学，至中统、至元而大盛。赵子昂以宋王孙入仕，风流儒雅，冠绝一时。邓善之、袁伯长辈从而和之，而诗学又为之一变。于是虞、杨、范、揭，一时并起，至治、天历之盛，实开于大德、延祐之间。伯长没后二十余年，会修宋、辽、金三史。遣使者求郡国遗文故事，惟袁氏所传为最多。故家文物，萃于东南，百年以来，流风未坠，论者以伯长实有功焉，良不诬也。

——《元诗选初集》丙集